Liebesbrief an Victor II

(Frauensäfte)

Anais C. Miller

Du darfst im Leben alles verlieren.

Außer deinen Humor.

Und die Liebe.

Anais. C. Miller

Impressum:

Text: Anais C. Miller

Herausgeber: Elle Voyage

Fotoumschlag: Copyright Curt Themessl, Wien

Printed in Germany

Herstellung und Verlag:
BoD - Books on Demand, Norderstedt
ISBN 978-3-7431-7858-8

Januar, 2017

Der perfekte Mann macht uns feucht,
ohne uns zu berühren.

Greift unsere Hand ohne zu fragen, vögelt
uns ohne Ende und liebt uns ohne
Zweifel...

> Aber schön
> ist es
> nicht
> ohne dich
> quadrasophics.com

Victor, ich liebe dich...

—Carina—

Wann kommst du meine Seele vögeln?

Ich warte auf dich, Victor...

Ich mag deine Spielchen. Wenn sie vorbei sind, besucht mich die Sehnsucht und weckt mein Verlangen nach deinem Seelenvögeln.

„Vielleicht kannst du das Rezept für Viagra beim Finanzamt absetzen!"

„Wir verbuchen es unter Portokasse!"

„Reite mich quer durch die Hölle und zurück ins Schlafzimmer!"

„Wir könnten nackt hinaus gehen und es auf dem Friedhof treiben!"

„Wann kommst du meine Seele vögeln?"

„Auf dich kann ich warten, bis ich feucht werde!"

„Herr Müller schaut jetzt ganz genau hin, was ich mit dir mache...!"

„Nur die Hölle vögelt heißer als du!"

Zur Autorin

Anais C. Miller, geboren im Ruhrgebiet, arbeitet als Kassiererin in einem namhaften Discounter und verbringt die Freizeit zusammen mit ihren Pferden, Hunden, Katzen und ihrer Tochter auf einem idyllischen Reiterhof im Herzen Westfalens. Das Schreiben sei „ihre Passion", wie selbst sagt. Es liegt ihr am Herzen, ihren Lesern etwas „mitzuteilen", ihnen etwas auf den Weg des Lebens mitzugeben, der manchmal sehr steinig sein kann, wie Anais C. Miller aus eigenen Erfahrungen in ihren Geschichten erzählt.

Die schicksalhaften Erzählungen ihrer Pferde „Classic Star" und „Charisma", die Anais C. Miller nach wahren Tatsachen geschrieben hat, berühren einige ihrer Leser zutiefst. Literarisch führt Anais C. Miller ein Doppelleben. Sie veröffentlicht unter einem anderen Autorennamen „Erotische Geschichten" und „Sexuelle Erzählungen".

Vorwort

Die Geschichte von Victor und Carina unter dem Titel „Frauensäfte" zu veröffentlichen, war der Reinfall des Jahrhunderts. Das Buch kaufte so gut wie niemand.

Literarisch war das eine Achterbahnfahrt, an der ich als Self Publisherin unheimlich gewachsen bin. Ich bin dankbar für die Erfahrung. Sie hat mich reifen lassen! Schade eigentlich und ein klein wenig tut es mir in der Seele weh, denn der Titel „Frauensäfte", ist wunderbar prägnant und einzigartig.

In der Literatur bisher nicht vorgekommen. Im Grunde genommen war es ein genialer Einfall. Niemand traute sich jedoch wirklich an den außergewöhnlichen Titel heran. Ein neuer Versuch! Das Buch wurde umgestaltet. Es bekam den Titel: „Liebesbrief an Victor" und wurde unter dem Pseudonym „Elle Voyage" veröffentlicht. Seitdem brummt die Kiste. Warum wird Erotisches nicht mehr unter Anais C. Miller veröffentlicht? Anais C. Miller schreibt wunderschöne, berührende Tiergeschichten. Authentische, die bereits einen großen Abnehmerkreis gefunden haben. In den Kreisen hat die erotische Literatur nichts verloren und umgekehrt genauso! Erschreckend, wenn ich Tiergeschichten in Google suche und mir unter Anais C. Miller lauter sexuelle Manuskripte angezeigt werden, oder? ☺ Das Genre wurde von mir nach gründlicher Überlegung getrennt. An die inhaltliche Handlung der beiden Protagonisten aus „Frauensäfte" glaube ich nach wie vor. Deshalb habe ich das Buch nicht aufgegeben. Mittlerweile hat die Geschichte von Carina und Victor unter dem neuen Titel „Liebesbrief an Victor" ihre Abnehmer gefunden und diese warten gespannt darauf, wie es mit den beiden weitergeht.

Das Original Buch „Frauensäfte", ist momentan heiß begehrt, da es in der Form nicht mehr auf dem Markt erhältlich ist. Nicht mehr unter dem Titel jedenfalls und nicht mit dem Cover. Wer noch ein Originalbuch haben möchte, möge sich bitte mit mir kurzfristig in Verbindung setzen. Falls die Geschichte irgendwann einmal ein Bestseller werden sollte, (man weiß nie, was im Leben passiert), ist das Original Buch somit eine Rarität und bringt vielleicht einmal viel Geld, wenn man es zum Verkauf anbietet! Viele von Euch haben mich gefragt, ob die Geschichte autobiografisch sei. Ich möchte mich dazu nicht äußern. Danke für Euer Verständnis. Jedenfalls hat dieses Buch nichts mit Fifty Shades of Grey zu tun. Es soll weder ein Abklatsch einer billigen SM Beziehung, noch ähnliches aus dem SM-Bereich darstellen. Die Geschichte des chaotischen Victor und seiner Carina ist etwas Besonderes. Einzigartig. Sie liegt mir sehr am Herzen. Ich wünsche Euch viel Spaß beim Lesen und wenn Ihr Gefallen findet, lasst es mich bitte wissen. Danke! Die Story hat durchaus eine Chance auf einen dritten Teil. Mir macht das Skript unheimlich Spaß, das merkt man an der Schreibweise, es geht rasant vorwärts im Buch und liest sich sexuell erfrischend und herrlich leicht.

Die Story zwischen Carina und Victor finde ich spannend, sehr erotisch, heiß und prickelnd! Aber auch berührend, eine Geschichte, die zu Herzen geht. Victor hat mittlerweile eine Antwort für Carina geschrieben, die ihr bald lesen könnt. Das solltet Ihr Euch nicht entgehen lassen...Danke an all die Menschen, die an mich geglaubt haben!

–Anais–

–Eine Beziehung soll ein Nehmen und Geben sein.

Also nimm mich und gibs mir!–

Liebesbrief an Victor

Komm zurück!

Mit dir Victor, komme ich zu „Nichts"! Außer, zum Glücklichsein! Du bist der Mensch in meinem Leben, der mich sehr glücklich macht. Sexuell und generell. Du kannst mir all das geben, das ich jahrelang gesucht, gebraucht und vermisst habe. Warum das so ist, warum dieses Glück ausgerechnet in Erscheinung deiner Gestalt zu mir gekommen ist, das weiß ich nicht. Du bist nicht der attraktive Gentleman, der einer Frau die Tür aufhält und ihr einen erotischen Klaps auf ihren Hintern gibt, während du ihr hinterher guckst. Du bist auch nicht derjenige, der charmant eine Frau verführt und sie dabei mit Komplimenten überhäuft. Schon gar nicht bist du der Mann, der kleine Geschenke macht, um die Liebe aufrechtzuerhalten. Du bist nicht der Mann, der die Beziehung in Takt hält, wenn es mit der Frau turbulent wird. Einer Frau Honig um die Lippen pinseln? Romantik? So Gesäusel von wegen Schnucki, Schatzi, hab ich dich gern mein kleiner Stern und sowas? Du? Nein, auch der bist du nicht! Du bist allerdings auch nicht einer von diesen „Egofickern", der nur an seine Gefühle denkt und den es nicht interessiert, ob er eine Frau glücklich macht oder nicht. Dich lässt es nicht kalt, was die Frau an deiner Seite neben dir fühlt und was sie erwartet. Nein! Du bist nicht der, dem es das Wichtigste in seinem Leben ist, dass nur er auf seine Kosten kommt. Nein! Du bist nichts von alledem. Du bist niemand von ihnen. Du bist viel mehr! Du bist irgendwo einer dazwischen. Du bist anders. Du bist schwierig. Du kannst wahrhaftig auch richtig gemein sein, hart und ekelhaft, brutal und verletzend. Sehr sogar! Das habe ich zu spüren bekommen! Sehr deutlich und schmerzhaft. Nicht in der Art und Weise, dass du mit körperlicher Gewalt tatkräftig auffallen würdest, nein, das traue ich dir niemals zu. Mir eine reinhauen, mich die Treppe runterschubsen oder so etwas? Nein, Gewalt verabscheust du. Mein Glück! All das durfte ich nämlich schon erfahren in meinem Leben! Bevor ich dich traf. Zwischen Liebe, Sex und Zärtlichkeit erfuhr ich ebenfalls Gewalt und Demütigungen. Jedoch du, Victor, du kannst mit Worten messerscharf verletzen. Du kannst ein psychisches Spiel spielen, wenn du willst, in dem nur du der Gewinner bist! Du sagtest eines Tages zu meiner 11 jährigen Tochter, als diese sich dir gegenüber etwas danebenbenahm, (sie ist in der Frühpubertät, es sei ihr verziehen), dass sie aufpassen sollte bei dir, was sie sagt, denn du könntest ihr verbal einen verbraten, dass sie mindestens 2 Tage lang heulen würde.

Das passierte irgendwann tatsächlich, dass die Kleine dich derart gereizt hat, Victor, dass du ihr so hart die Meinung sagtest, dass sie nicht nur 2 Tage wegen dir geheult hat, sondern eine ganze Woche lang! Für mich bist du ein Dr. Jekyll and Mr Hyde. Wahrscheinlich liebe ich das so sehr an dir. Ich bin deiner unheimlichen Macht verfallen Victor, gnadenlos. Erbarmungslos. Respektvoll unterwerfe ich mich dir. Du kannst mit mir machen, was du willst und ich bitte sogar darum. Ja, du kannst alles tun, was dir gefällt. Mit mir. Nichts setze ich dir entgegen. Nichts möchte ich lieber, als dass du es mit mir machst! Mich in den 7. Himmel „lecken". Du leckst mich in den Himmel, du streichelst mich auf Wolke 7, du massierst meine Vagina zum Beben, du holst das Beste aus mir heraus. Das Beste, was an sexuellen Gelüsten in mir steckt. All mein Verlangen nach dir und deiner Sexualität, ich bin süchtig nach dem guten Gefühl, das du mir gibst. Ich könnte mit dir sofort, überall, ohne Ende, immer wieder. Es ist, wie es ist, verrückt und absurd, kurios, aber so verdammt gut.

Ich liebe dich!

Immer wieder habe ich den Traum mit dir. Am Strand. Ich habe geträumt von Dir! Dass wir an einem schönen Strand im weißen Sand liegen. Nackt. Im Hintergrund schöne Palmen und Meeresrauschen. Du hast deinen Kopf zwischen meinen Schenkeln und ich streichel dir durch deine Haare. Du leckst meinen Kitzler mit deiner Zunge. Erst ganz sanft und dann etwas schneller und heftiger. Ziehst Kreise mit deiner Zunge. Steckst sie in meine Muschi. Ich stöhne vor Lust und beuge mich dir entgegen. Ich halte es kaum aus. Ich streichele und knete meine Brüste. Dann übernimmst du sie, weil du nicht magst, dass ich das selber mache. Zwirbelst sanft meine Brustwarzen zwischen deinen Fingern, ziehst an ihnen. Oh Victor, ich komme, oh ist das geil. Jetzt kommst du zu mir hoch, küsst mich, wir küssen uns, sanft, fordernd, heiß. Und dann endlich, kommst du zu mir. Ich habe mich nach dir, nach deinem Schwanz gesehnt. Du dringst in mich ein, bewegst dich rhythmisch zu meinen Bewegungen, küsst meine Brüste. Es ist so heiß. Du bist so heiß. Ich halte das kaum noch aus. Du fühlst dich gut an. ER fühlt sich gut an, hart, heiß, pulsierend. Deine Eier sind prall und klatschen bei jedem Stoß vor meine Muschi. Du machst mich geil, Victor.

Ich komme schon wieder, biege dir meine Brüste entgegen. Du saugst und lutscht an meinen Nippeln und spürst, wie mein Körper unter dir zuckt. Du gleitest aus mir heraus und spritzt endlich ab. Auf meine Brüste. Ich gucke dir dabei tief in die Augen und immer wieder zu deinem Schwanz, wie er zuckend den weißen Saft über meine Brust verteilt. Das ist so geil. Erschöpft sinkst du neben mich in den warmen Sand und legst deinen Kopf auf meine Brust. Ich halte dich ganz fest und streichele dir über deine Haare. Und dann warte ich auf dich und bin bereit für deine Wünsche! Komm zurück Victor! Bitte! Verdammt hatte ich einen schlechten Start in das neue Jahr. Alleine und ohne dich. Ohne den Menschen, der mich glücklich macht. Ohne den Menschen, den ich von ganzem Herzen liebe. „Ich liebe dich Victor!" schrieb ich in dieses geblümte Klappenbuch, das du mir zu Weihnachten geschenkt hast. Diese kleinen Notiz-Bücher, weißt du, zu denen du mir sagtest, ich solle dort „alles" reinschreiben, was mir spontan einfiele. Was ich mit dir erlebe und das, was mir wichtig wäre in unserer Beziehung. An diese Art Tagebücher kann ich mich gewöhnen. „Ich liebe Dich, ich vermisse Dich und ich will Dich!" schrieb ich hinein ins Tagebuch und zwar immer wieder, auf jede neue Seite. Naja und natürlich, dass ich Sex mit dir will. Dass ich mir wünsche, dass du zurückkommst. Zurück zu mir. An meinen Brüsten sollst du dich laben, weil ich das Gefühl liebe, wenn du das tust, Victor! Unsere Sexerlebnisse sind dort fein säuberlich vermerkt und beim Lesen erregen mich meine eigenen Zeilen. Der Sex mit dir ist wunderbar. Nur du kannst mir das geben, was ich brauche! Du fehlst mir, Victor! So sehr. Nachdem du kurz vor dem Jahreswechsel aus meinem Leben die Biege gemacht hast, einfach so und völlig wortlos, zog ich mich psychisch fein runter! Liebeskummer nennt man das, woran ich litt, wenn man es etwas kindisch betrachtet. Ich hatte Liebeskummer. Ja! Im Selbstmitleid ertrunken. Selbstmitleid ist grausam. Du ziehst dir Musik rein, die dich abgrundtief traurig macht und du heulst wie ein Straßenköter! Mit meinen 40 Jahren nenne ich es vielleicht besser Sexkummer? Ich habe es getan! Rotz und Wasser geheult. Wegen dir Victor! Ach, ich hatte beides. Sex- und Liebeskummer. Richtig krank war ich. Ich hörte mir tatsächlich Lieder von Matthias Reim an. Da hieß es in den Strophen: „Wir wollten „Reden", wenn es schwierig wird, aber das tun wir nicht." Stimmt! Trifft auf uns beide haargenau zu! Wir reden auch nicht mehr, du hast dich einfach wortlos aus meinem Leben geschlichen. Verpisst hast du dich. Auf und davon bist du! Ich liebe dich, auch wenn du mich nicht mehr liebst. Und alles so ein Gedöns, singt Matthias Reim. Die Zeilen finde ich sehr zutreffend für meinen Gefühlszustand. Das Schlimmste ist für mich der Gedanke, während ich mir wegen dir die Augen aus dem Kopf heule, führst du dein stumpfsinniges Leben in aller Seelenruhe fort. Du denkst bestimmt nicht mehr an mich und unsere Liebe. Hast mich längst vergessen. Vermissen wirst du mich sicherlich auch nicht. Bist du resistent gegen Liebesschmerzen, Victor? Liebe? Du und der Liebe wegen traurig sein? Nein, dein Tagesprogramm nimmt weiterhin seinen gewohnten Lauf. Alles andere ist für dich Bullshit! Liebeskummer? Pah! Das ist etwas für kleine Mädchen. Gut, nun hast du eben niemanden mehr, den du „vögeln" und mit dem du nette Unternehmungen machen kannst. Bist du eben wieder für dich alleine. Wie vorher. Früher. Bevor ich in dein Leben gekommen bin. Gibt es in deinem Innersten eigentlich so etwas wie Gefühlsregungen? Kennst du die Traurigkeit, Victor? Den Liebeskummer? Victor, ich sage es dir ehrlich, ich lag völlig bewegungslos bei mir zuhause auf der Couch. Wie tot. Oft auch im Bett, das Handy ausgestellt, für niemanden erreichbar. Mein MP 3 Player, mein einziger Freund, mit seinen

Stöpseln in meinen Ohren bewaffnet, wollte ich nichts mehr hören und niemanden sehen. Menschen, die an meiner Tür klingelten, ach Klingel besitze ich gar keine zu Hause, das weißt du (wirklich nicht, eine Kuhglocke, die gibt es bei mir) also Menschen, die an meiner Tür klopften und mit der ollen Kuhglocke Randale schlugen, weil sie etwas von mir wollten und ich kein Lebenszeichen von mir gab, nahm ich nicht mehr wahr! Die Kuhglocke riss ich irgendwann genervt von der Wand. Meine Ruhe wollte ich. Mit meinem Liebeskummer alleine sein. Ich ignorierte alles und jeden. Ich war nur noch funktionell unterwegs. Mal eben raus vor die Türe, meine Pferde versorgen und wieder hinein ins Dunkle. Hinein in meine düsteren Liebesdepressionen. Das ist meine Welt, seit du fort bist, Victor. Die Traurigkeit ist bei mir eingezogen. Ich vermisse dich unheimlich, träume von dir und wünsche mir, dass du mich bald umarmst und mir sagst, dass du mich liebst, Victor. Gedanklich spüre ich deine zärtlichen Hände, sehe dich vor mir, dein Blick, er trägt Liebe, mal ist er sanft, mal entschlossen. In meinen Tagträumen küsse ich dich und wünsche mir das Glück mit dir an meine Seite zurück. Liebeskummer ist eine harte Angelegenheit!

Zuletzt erinnere ich mich an den Kummer mit seinen Schmerzen aus meiner Schulzeit. Mein Herz tut weh. Sehr. Wenn ich morgens nach dem Aufstehen in den Spiegel blicke, könnte ich erst mal gepflegt eine Runde in die Toilette kotzen. Direkt zu Jahresbeginn bin ich bestimmt der traurigste Mensch auf dem Planeten. Dazu ein sexuell sehr Gefrusteter. Es ist weg das gute Gefühl von dir, Victor. Das Feeling, mit dem du mich infiziert hast, ist fort. Natürlich will ich es auf jeden Fall wiederhaben, das kann ich dir sagen! Dich wünsche ich mir auch zurück, Victor. Ich höre dich zu mir sagen: „Komm, du kannst das ertragen, gib dich mir hin, Carina, schließe deine Augen und lass dich fallen! Hol es dir ab, ich gebe dir genau das, was du brauchst. Du willst es hart? Ja, du magst das, wenn es weh tut, das weiß ich, du kleines Dreckstück!" Dein Mund küsst hingebungsvoll und leidenschaftlich meine Brüste und du kneifst mit deinen Zähnen sanft in meine Nippel. Den Wechsel zwischen hart und zart, den hast du bestens drauf, Victor. Der Gedanke, dass du genau verstehst, was ich sexuell brauche, erregt mich manchmal so sehr, dass der Orgasmus von alleine über mich kommt. Deine Berührungen und meine innerliche Gewissheit, dass du ein Profi bist auf dem Gebiet, was mein Körper von dir erwartet, wonach er verlangt und was ihn beben lässt, genügen, dass alles in mir zerfließt! Das gute Gefühl, gib es mir wieder, bitte! Es ist meine Sucht! Du bist meine Droge, Victor! Ich vermisse dich so wahnsinnig!

Ist es zu spät für unsere Liebe, Victor? Du und ich. Ein endlos langer Sommer voller Sonnenlicht. Sag, haben wir schon Dezember und wir sehen es nicht? Vom Sonnenlicht geblendet, viel zu blind zu sehen, dass wir zwei längst in ganz verschiedene Richtungen gehen. Erinnere dich! Wir haben gesagt, wir sind unsterblich, wir vergehen nicht! Es gibt nichts, was stark genug ist, was uns zwei zerbricht, wir haben gesagt, wir sind für einander da,

Jahr für Jahr! Erinnere dich! Wir wollten reden, wenn es schwierig wird, das tun wir nicht! Wir riskieren gerade, dass die größte aller Lieben bricht, denn ich spüre, es ist nicht mehr so wie es mal war, spürst du das auch? Wie kalt der Wind jetzt weht? Ich habe Angst, dass unsere Liebe geht! Hör mich an! Ich bin mir sicher, dass man jetzt noch vieles ändern kann. Wenn wir uns an uns erinnern, ja ich glaube daran, dass es jetzt noch nicht zu spät ist. -Matthias Reim-

Erinnere dich, Victor! Während all meine Freunde fröhlich vom Silvestertag in den Jahreswechsel feierten, krebste ich einsam und verlassen mit meinem Liebeskummer zu Hause vor mich hin. Das Matthias Reim Gedudel hing mir zum Halse raus. „Carina, Mensch, zieh dich nicht runter! Lass dich nicht gehen! Du bist eine tolle Frau, siehst gut aus, du bist lieb, nett, gut im Bett, du findest auch einen anderen, der dich glücklich macht!", sprach ich mit meinem Spiegelbild. Am liebsten hätte ich den Badezimmerspiegel während meinen morgendlichen Selbst-Betrachtungen eingeschlagen und meinem Spiegelbild so richtig eins in die Fresse gekloppt. Das hätte ich gern getan, ja!

Was jammere ich dir eigentlich hinterher, Victor? Eigentlich müsste ich einen Mann/Freak wie dich an jeder neuen Ecke finden. Entweder müsste ich beim Arbeitsamt vorbeifahren, beim Zahnarzt oder in der Stadtbücherei nachsehen. Dort laufen Typen, wie du einer bist, jeden Tag herum. Am Kölner Dom sitzen Gestalten, man nennt sie Menschen, die haben etwas Ähnliches deiner Person. Ich habe sie gesehen und an dich gedacht, Victor. Ich gab ihnen einen Euro. Sie taten mir leid. Du bist dem Kapitel längst entstiegen. Dem Kapitel der armseligen Gestalten, die mein Leben zufällig kreuzten. Du bist der Mensch, den ich über alles liebe und den ich brauche. Du bist für mich das Größte in meinem Leben überhaupt! Niemals würde ich zulassen, dass du zurückgehst in die Kategorie der verlorenen Seelen. Zu denen, die an der Domplatte sitzen und betteln müssen. Ich schaffe es nicht, dich aufzugeben! Dabei tust du mir nicht gut...Du bist mein Delirium. Du bist ein Rausch auf dünnem Eis, gefährlich schön und leicht, eine Droge die Glück verheißt, so real und unerreicht. Du bist eine Euphorie, die man durchlebt, doch bleibt sie nie. Sie vergeht nach kurzer Zeit, nur mein Wunsch nach „mehr" verweilt.

Du bist ein einziger Exzess, in dem man sich vergisst und von dem man auch nicht lässt, selbst wenn man sich daran verletzt. Hab nichts gesucht und nichts vermisst. Du kamst wie Fieber über mich. Du bist ein Gefühl, das mich zerfrisst. Ich kann mit mir nicht ohne dich! Es ist nicht leicht, dir zu begegnen, ich kann nichts dagegen tun. Ich schaffe es nicht, dich aufzugeben. Ich höre dich in allen Liedern und kann nichts dagegen tun. Du bist mein Delirium. Ich will mehr...Mehr... Ich habe noch nicht genug von dir! Ich will mehr...ich habe noch nicht genug von dir! Mehr! Gib mir mehr! Gib mir mehr...!

-Andreas Bourani-

Mistkerl! Immer wieder weine ich. Ich kann nichts dagegen tun. Gegen den Schmerz der verlorenen Liebe. Eingeladen war ich auf Silvester, hier und dort. Party war angesagt. Jedoch lehnte ich alle Einladungen gnadenlos ab. Pah, feucht fröhlich, dachte ich voller Selbstironie. Sollten sie doch alle „feucht" das neue Jahr begrüßen. Zusammen mit ihren Freunden. Mit ihren Liebsten. Küssend das Neujahrsfeuerwerk beobachten und das neue Jahr im Bett begrüßen. Beim wilden und heißen Sex. Bei mir wird nichts mehr feucht, seit du gegangen bist Victor, außer meinen Augen. Ja, ich weine viel. Wegen dir, wegen uns. Weil du in meinem Leben eine Lücke hinterlassen hast und ich mich einsam fühle, ohne dich. Weil ich den Sex mit dir vermisse und mich mit dir gestritten habe. Gehören wir zwei nicht eigentlich zu den Menschen, die sich nicht streiten wollten? Haben wir beide darauf nicht sogar einen Eid geschworen? Sind wir nicht die, die miteinander reden wollten, wenn es Probleme gibt? Hoch und heilig haben wir uns das versprochen! Geschafft haben auch wir beide dieses Kunststück nicht! Du bist verschwunden. Tränenerstickt erinnere ich mich an den Tag, an dem du aus meinem Leben „abgehauen" bist. Einfach so. Ohne ein Wort. Ohne ein „Auf Wiedersehen". Hast du meine Tränen nicht gesehen, Victor? Wie konnte mein schmerzvoller Blick dich nicht mehr berühren? Hatten wir beide uns an dem Tag nichts mehr zu sagen? Uns nichts mehr zu geben? Weint dein Herz nicht um meinen Verlust? Kannst du den Schmerz der zwischen uns liegt, nicht fühlen? Berührt dich all das nicht mehr? Erreicht es dich nicht mehr? Das Wetter in der Silvesternacht war gut. Nicht zu kalt, beinahe angenehm warm war es. Die Nachbarn um meinen Hof herum schossen ein paar Raketen in die Luft.

Hier auf dem Kaff ist das mit dem Knallen und Raketenschiessen nicht so heavy wie in der Stadt. Zum Segen der Nerven meiner armen Pferde. So stand ich zum Jahreswechsel allein auf meinem Hof. Im dicken Pullover, meine Pferde beobachtend, ob sie nicht gleich den Heldentod sterben mussten. Nein, sie waren anscheinend alle schusssicher. Lustlos betrachtete ich das bunte Farbenspiel am Himmel. Gedankenverloren. Plötzlich vibrierte etwas in meiner Hosentasche. Mein Handy. Naja dachte ich, deine Freunde werden dir nach und nach alle den Segen des neuen Jahres wünschen, Carina. An dich Victor, dachte ich in dem Moment ausnahmsweise nicht. Mit dem Glas Sekt in der Hand, stand ich unter dem Sternenhimmel und zog das Handy aus meiner Hosentasche. „Einen guten Rutsch ins neue Jahr, Carina, wünscht dir, Victor!" Meinen Augen traute ich nicht. Schickst du mir, du Mistkerl, doch tatsächlich eine SMS. Ich lachte bitter. Anscheinend war ich dir nicht mal einen Anruf wert, Victor. Naja, angerufen hast du mich in unserer gemeinsamen Zeit sowieso so gut wie nie. Du arme Sau kannst nicht einmal deine Telefonrechnung vom Festnetz bezahlen, wie hättest du mich bitte auf Handy anrufen sollen? Die traurigen Umstände deines finanziellen Zustandes hast du mir oft genug erklärt. Wirklich glauben konnte ich nicht, was ich mir von dir anhören musste. Jeder Mensch hat heutzutage die Möglichkeit, sich eine „Flatrate" zu organisieren. Das kostet auch nicht mehr, als einen Festnetz-Telefonanschluss zu nutzen. Wenn ich generell an deine missliche finanzielle Lage denke, in der du permanent steckst, dann werde ich gleich wieder wütend auf dich, wenn ich ehrlich bin. Man darf dich nicht mit einem normalen Menschen vergleichen, Victor. Gut, ich bekam deine „liebevolle" Nachricht zum Jahreswechsel. Sehr aufmerksam von dir! Anstatt mich über deine SMS zu freuen, wurde ich nachdenklich und sauer. Regelrecht böse! Du hättest mich anrufen müssen! Noch besser, du hättest zu mir kommen sollen! Zu mir nach Hause. Unseren Streit, den hätten wir Face to Face klären müssen! Frustrierend ist es mit dir. Mit uns. Alles läuft falsch. Anscheinend hat es dir nichts ausgemacht, dass wir beide getrennt ins neue Jahr feierten, Victor. Vermisst hast du mich nicht einen Tag lang, oder? Mir tut das sehr weh. Wenigstens hast du kurzweilig an mich gedacht und mir eine lausige SMS geschickt. Dankeschön! Irgendwann warf ich dir mal an den Kopf: „Victor, finanziell bist du dauerhaft Roberto Blanco! Bei dir geht nichts. Du bist am Limit!" Immer! Nach deinem

Buchflopp war es ganz vorbei mit deinen finanziellen Reserven! Gibt es bei dir überhaupt Reserven, Victor? Das bezweifele ich. In dein vergangenes Buchprojekt hast du deine letzten Reserven gesteckt. Körperliche! Oftmals bist du gar nicht ansprechbar, während du mit deiner Nase tief in deinen Projekten versunken bist. „Buchprojekte"... Deine letzten Kräfte sind verbraucht für dein Manuskript, Victor. Nachdem du das „Dingen", das du Buch nennst, am Markt hattest, warst du finanziell völlig pleite und kräftemäßig erschlagen. „Rien ne Va plus". Nichts ging mehr bei dir. Meinen Respekt für deine Aktion, den gab ich dir. Ich meine, ich bin so ziemlich der einzige Mensch, den du als Person wirklich interessierst. Freunde gibt es in deinem Leben keine. Familie, naja, auch die nicht wirklich. Alle sind verstorben, bis auf deine Schwestern. Ihnen bist du anscheinend ziemlich egal. Niemand greift dir finanziell unter die Arme. Armer Victor! Du bist der Einzelkämpfer. Darauf bist du auch noch stolz! Gib es zu! Viele Jahre lang warst du in deinem Leben der Alleingänger. Vielleicht gibt es deshalb in deinem Leben manchmal keinen Platz für mich! Du brauchst deine Freiheiten. Das weiß ich. Freiheiten, die brauche ich auch! Wir lassen uns gegenseitig Freiheit. Deshalb lieben wir uns. Weil wir frei sind. Seit ich um das

Gefühl weiß, dass du mich zu einem glücklichen Menschen machen kannst und mir alle Freiheiten lässt, die ich brauche, bin ich sicher, du gehörst zu meinem Leben zwingend dazu, Victor! Ich brauche dich, Victor. Wie ich die Luft zum Atmen brauche! Gedankengänge aus dem Tagebuch:

Vor dem dreckigen Stundenhotel in Amsterdam stehen wir. In der Stadt der Nutten, Huren und Zuhälter. Holland, willkommen im Land der frei zugänglichen Sexualität und Drogen. Immer wieder zieht es mich dorthin. Ich will ihn, den dreckigen und lustvollen Sex mit dir! Komm Victor, reiß mir die Sachen vom Leib, wirf mich aufs Bett und fall über mich her. Sei gnadenlos zu mir, denn auch du bist verrückt nach mir! Das weiß ich genau! Stöhnend knebelst und fesselst du mich! Die Handschellen klicken. Meine Arme nimmst du über meinen Kopf, die Schellen an der Stange hinter dem Bett rasten ein und du drückst mich erregt in das Bettlaken. Meine Brüste küsst du. Überall ist er, dein Mund. Mein Körper, er bebt. Er wartet auf dich. So lange schon. Viele Tage und Wochen. Deine Küsse, angefangen an meinem Hals, der Stelle meines Körpers, an der ich am empfindlichsten bin, öffnest du deine Hose und holst dein bestes Stück heraus.

Mein Körper windet sich unter dir. Meine Hände schmerzen in den Metallschellen. Den Bewegungen meiner Lust bin ich erlegen und winde mich in ihr hin und her. Drehe mich auf dem Bett, unter der schweren Last deines Körpers und deinen Händen, die mich überall liebevoll bearbeiten. Ich will dich spüren, in mir, auf mir, komm über mich, Victor! Tu es! Ja, du dringst in mich ein! Endlich. Er fühlt sich gut an. Heiß und hart. Du reitest mich zuerst langsam. Dein Blick. Ich öffne meine Augen und blicke hinein in deine blanke Lust! Sie steht in deinen Augen geschrieben. Dein Blick ist verworren, hart und dreckig, aber er ist wahnsinnig lustvoll und sehnsüchtig. Deine Hand greift nach meiner Brust. Ein leichter Schmerz durchfährt mich und ich warte auf das Gefühl, dass ich unter dir zerspringen möchte. Dein Mund, er ist überall auf meiner nackten Haut. Dein Schwanz reitet mich in einen leichten Rhythmus, der stetig schneller wird. Deine Hand lässt meine Brust nicht los. Sie ist weich und warm. Ich liebe deine Hände, Victor! „Du machst mich so geil Carina!" stöhnst du. Ich möchte dich berühren Victor, mich zu dir aufrichten. Dir zärtlich durch deine Haare fahren, liebevoll zu dir sein. Ich kann es nicht. Von mir ist keine Berührung zulässig. Meine Hände sind gefesselt. Du hast die Macht, die völlige Kontrolle über mich.

Du bestimmt das Spiel unserer Liebe, das Spiel deiner Lust. Du lässt dich an mir aus. Hemmungslos. Du gibst mir deine Sehnsucht, du infizierst mich mit Schmerzen, Liebe, Lust, Sex und mit Leidenschaft. Alles was tief in dir und deiner Seele steckt, übergibst du mir. Du reitest mich immer wilder und schneller zu deinem eigenen Höhepunkt. Dabei siehst du mir in meine Augen. Das „Schwarze" deiner Seele steht in ihnen geschrieben. Dein Blick scheint aber auch voller Träume und gespickt mit zärtlichen Gedanken. Du vereinst beides in deinen Augen. Du vögelst mich hart und bestimmend, aber dein machtvoller Blick wird plötzlich zu dem scheuen Ausdruck eines kleinen Jungen, der in den schönsten Träumen seines Lebens versunken zu sein scheint. Mein Gedanke, dass ein kleiner Junge und der Satan höchstpersönlich in dir stecken und mich ficken, macht dich wundervoll für mich, Victor. Der hervorgerufene Schmerz in meinen Händen (von den Handschellen) und in meinen Brüsten, (durch die spielerischen Bisse deines Mundes), gleitet hinein in ein Gefühl der Sehnsucht, das ich Liebe nenne. Ich will mehr von diesem seichten Schmerzgefühl! Gib es mir schon, Victor! Los!

Immer wieder verbeißt du dich in meine Brustwarzen und hältst sie fest, bis ich es vor Lust kaum noch ertragen kann. Während du mir einen harten Stoß nach dem anderen verpasst in meine tiefste Seelenspitze, übergibst du mir gleichzeitig die Liebe. Du infizierst mich mit ihr. Es ist wundervoll mit dir, Victor. Erschöpft, aber glücklich werden deine Bewegungen weicher. Du gleitest langsam, fast zärtlich aus mir heraus. Verschwitzt bist du. Einen ziemlich fertigen Eindruck machst du, aber einen glücklichen. Du bist erleichtert. Befreit. All deinen Kummer, der auf dir lastet, wie ein dunkler Fluch, den hast du dir an mir abgeritten. Du hast mich benutzt, um deinen Dreck an mir abzureiten, und um dir den „Kick" zu verpassen. Den Kick der Freiheit. Deine Freiheit. Wie wunderbar! Dein verficktes Leben hast du dir an mir abgevögelt, Victor! „Ich liebe dich!" sagst du, während du dir deine Hose anziehst und dich von mir erhebst. Du blickst mich an. Hingebungsvoll. Dein Blick fährt tief hinein in mein Herz. Du gehst zur Tür des Zimmers, greifst an die Klinke, um sie zu öffnen und kommst noch einmal zurück zu mir. Beugst dich über meinen Körper. Küsst meinen Mund. Meinen Hals. Mein Ohr und meine nackten Brüste. Wie ein sabbernder Hund leckst du über meine „Früchte", wie du meine Brüste manchmal liebevoll nennst. „Ich lasse dich hier liegen, bis ich wieder Lust verspüre, dich zu ficken, Carina!" Deine Hand streichelt zärtlich über mein Gesicht. Du fasst mir zwischen die Beine. Dein Finger dringt in meine Scheide ein. Als du ihn herausnimmst, riechst du an ihm, nimmst meinen Geruch auf. Tief ziehst du ihn in deine Lungen. Dein Blick ist verträumt und abseits des Irdischen. Du bist in deiner Welt der erotischen Sinne, das spüre ich. „Morgen fahren wir zum Strand! Der Strand und das Meer riechen genauso wundervoll wie du, Carina und ich liebe das Meer, das weißt du, mein Engel!" Wenn du mich Engel nennst Victor, das gefällt mir sehr. Nenn mich wie du willst. Du hast immer den richtigen Namen für mich. Kitsch und rosarot gibt es bei uns nicht. Das ist es, was mir gefällt. Nix für kleine Mädchen wird hier gespielt. Willkommen im dunklen Sex, der heißer brennt, als die Hölle! Wir ficken zwischen Himmel und Hölle, wie genial! Verrucht, schwarz und dreckig!! Ich mag es! Schmerzhaft und lustvoll vögelst du meine Seele. Du kannst jedoch auch zärtlich zu mir sein. Das ist eines deiner Geschenke, mir liebevoll zu begegnen. Das Gefühl der Liebe holst du im richtigen Augenblick aus dir hervor. Nämlich dann, wenn ich die Liebe wirklich brauche. Du weißt, wann ich es zärtlich von dir

haben will. Du kennst ihn, den Moment. Kurz bevor ich unter meinen Schmerzen zu sterben glaube, lässt du die Liebe für mich hinaus. Sie streichelt meine Seele. Das Gefühl ist eines der „Zärtlichsten", welches ich in meinem Leben erfahren durfte, Victor. Danke für deine Injektion. Liebesinjektion...! Du drehst dich an dem Tag nicht mehr um, als du das Zimmer verlässt. Das Zimmer in dem abgewrackten Stundenhotel in Amsterdam. Wohin du gehst, ich weiß es nicht. Aber ich freue mich auf den Moment, an dem du wiederkommst und es mir erneut besorgst. Wenn ich nur daran denke, wird alles hart und feucht an mir. Das Spiel der Lust mit dir ist gigantisch und wunderbar. Meine Sucht bist du! Zurück in die Realität des harten Lebens! Du hast eine Kreditkarte und die ist immer bis zum letzten Anschlag ausgeschöpft. Letztmalig als ich Kontakt zu dir hatte, wurde die Karte am Automaten schließlich eingezogen, als du Geld abheben wolltest. Dein Blick war klasse.
Schulterzuckend sagtest du: „Naja", probieren konnte ich es! Game Over jetzt! Aber endgültig. Finite, Ende". Dein Spendenkonto gab es noch, Victor! Hurra! Vielleicht hatte dir jemand aus Mitleid etwas gespendet für deine trockenen und langweiligen Blogbeiträge. Für Buchbesprechungen der Bergbesteigung des

Reinhold Messner! Denselben Gedanken hattest du wohl auch, denn sofort wurde die nächste Karte von dir in den Automaten geschoben. Nein, auch dort, auf dem anderen Konto, hatte niemand Mitleid mit dir. Gähnende Leere! „Victor, der erfolglose, einsame Autor mit den genialen Ideen, die niemanden interessieren, das bist du!" Vielleicht solltest du öffentlich zum Spenden aufrufen für eine neue Küche in deiner Wohnung, Victor. Das nenne ich eine wirklich dringende Notwendigkeit! Wir könnten ein Foto machen. Von deiner Küche, dem Ort, in der das Fett und das Chaos regieren. Der Ort, an dem der Dreck Jubiläum feiert, weil seit 20 Jahren nix mehr gereinigt wurde. In einem Abrisshaus in Berlin, wo Obdachlose wohnen, haben sie bestimmt schönere Möbel, als du, Victor. Man würde dir unter die Arme greifen, denn wo ist Sex schöner, als in der Küche? Komm, lass uns Fotos von deiner Küche machen, Victor! Genau! Von deinem Herd, deinem Tisch und den Stühlen. Deine Küche ist der Ort, an dem das Grauen herrscht. Einen Aufruf starten wir: „Leute", bitte helft uns! Wir können nicht mehr vögeln! Spendet für den armen Victor! Er braucht dringend eine neue Küche, damit auch er wieder sexuelle Freiheit am Herd ausleben darf!" An eine Situation in deiner Küche erinnere ich mich aus meinem

Tagebuch... „Zieh dir dein Höschen aus Carina und setz dich auf die Herdplatte! Dort nehme ich dich jetzt mal ordentlich zur Brust! Richtig einheizen will ich es dir! Wenn ich mit dir fertig bin, kochst du uns was Schönes", sagst du. Du küsst mich leidenschaftlich, während du mir ziemlich wild mein Höschen ausziehst. Auch wenn mich deine Hände, die mit festen Griffen an meinen Brüsten spielen, erregen und ich in meiner Grotte merklich feucht werde, setze ich meinen prachtvollen Unterleib an dem Tag nicht in das festgebrannte Fett auf deiner Herdplatte. Ich lasse mich nicht von dir in dem Dreck deiner Küche vögeln. Diese Vorstellung von „Dreck", finde ich allgemein nicht erotisch und nein, sie macht mich auch nicht geil! Man hätte dir gespendet, Victor! Für neue Möbel bestimmt, aber doch nicht für Buchbesprechungen des Reinhold Messner. Gelegentlich denke ich tatsächlich so über dich, wie ich es meinen Tagebuchzeilen entnehme. Für mich bist du der Chaot, mit dem ich nichts anfangen kann, Victor. Außer im Bett. Ich habe diese „Scheiße", die du in deinen Blogbeiträgen schreibst, selbst gelesen! Das Buch von Reinhold Messner hast du vollgekritzelt mit Rotstift. Herrn Messners Bergbesteigungen in allen Ehren, aber wen interessieren die? Hieroglyphen, deren Bedeutung ich nicht

Reiter. Meinen G Punkt reitest du fantastisch. Meinen Verstand habe ich in der Tat längst an dich verloren. Da spielt das Drumherum keine Rolle mehr. Nein du bist kein Engel! „Carina, du liebst einen Mann, der dir nichts bieten kann", sagt das Engelchen zu mir. „Doch! spricht der Teufel. Sex! Nur in der Hölle wird heißer gevögelt, Carina!" Weißt du das, Carina? Hast du das vor Augen, Mädchen? Dass dir dieser Mann NICHTS aber auch gar nichts bieten kann? Das habe ich mich genau in dem Moment gefragt, als deine SMS eintrudelte zum Jahreswechsel. Gedankengänge...

Reg dich ab Victor! Ich weiß, du regst dich fürchterlich auf, wenn du hörst, dass ich wieder einmal sage, dass du mir nichts bieten kannst! Einen Tobsuchtsanfall wirst du bekommen bei meinem Brief, in dem ich schreibe, wie lächerlich dein Leben ist! Kauf dir doch mal ein Auto, damit du mich besuchen kannst! Such dir einen Job! Geh arbeiten! Dann kannst du auch mal ein geiles Leben führen! Ich sehe doch genau, dass du eigentlich was anderes willst, als ein armseliges Leben im „Seelenmüll" und „Dreck" zu führen! Du willst doch da raus! Es ist nicht gut für deinen Blutdruck und das Infarktrisiko wächst bei dir mit jedem weiteren Tag deines Alterns, Victor! Für mich wäre es

schade, wenn du den Löffel abgibst. Wer soll mich dann befriedigen? Mich vögeln? Deine Rolle, die kann niemand übernehmen und sie kann mir auch keiner ersetzen!
Tagebucheintrag: „Du bietest mir nichts, außer grandiosem Sex mit wunderschönen Orgasmen!" Eigentlich reicht mir das zum Leben generell nicht aus. In der Beziehung mit dir vermisse ich wichtige Dinge! Was sollen wir tun? Wie ändern wir die Situation, dass ich all das bekomme, was ich möchte und brauche, Victor? Eine alte Regel im Leben besagt, dass ein Mann eine Frau auf Händen tragen soll. Schöner Wohnen zum Beispiel. Es gibt da eine Werbung in der es heißt: „Haben Sie ihrer Frau nicht versprochen, dass sie es mit Ihnen schön haben wird?" Ich meine, stell dir vor, wir beide würden heiraten. Mal abgesehen davon, dass du gar kein Geld hast, um dir einen Anzug zu kaufen, könnten wir erst recht keine Flitterwochen finanzieren. Zum Standesamt müssten wir wahrscheinlich mit dem Fahrrad fahren. Tandemfahrrad, hurra! Meine Oma sagte schon: „Ein Mann muss einer Frau etwas bieten können! Von einem schönen Teller alleine kann man nicht essen!" Das stimmt. Von Luft und Liebe alleine, kann niemand leben! Den Satz, dass du mir nichts bieten kannst, wenn ich ihn dir an den Kopf werfe, den legst du mir oft als

„Arroganz" und „Respektlosigkeit" aus, Victor. Mag sein, dass das auf dich arrogant wirkt. Bin ich in deinen Augen arrogant? Mir doch egal! Ich liebe dich! Ich liebe dich so, wie du bist und das ist nicht arrogant! Oder? Ich liebe dich, für „Alles!" Auch für „Alles", das du mir nicht geben kannst und geben konntest! Mir reicht die Liebe, die ich für dich empfinde. Ich liebe dich bedingungslos, Victor. Absolut! Das ist doch toll, oder? Du weißt genau, dass es Frauen gibt, die du als Mann nur glücklich machen kannst, indem du ihnen jeden Tag etwas schenkst. „Rosen", einen Besuch im „Nagelstudio", ein „Beauty Weekend" und ein „Auto". Ja ein „Pferd" auch, sicherlich. Keine Ahnung, was du sonst noch alles schenken musst, um eine Frau glücklich zu machen. Eine von den „High-Society" Frauen wohlbemerkt und das sind die meisten Weiber heute, leider! Das muss ich dir im Grunde genommen nicht sagen, du weißt es selbst besser als ich. Auch du hast sie kennengelernt und mir von ihnen erzählt, Victor! Abgerotzt hast du über sie. „Da draußen laufen genug Frauen rum, die es nur auf das Finanzielle eines Mannes abgesehen haben und sich absichern wollen. Ladies, die ihren Hintern in trockenen Tüchern wissen möchten. Gibt genug von ihnen. Natürlich auch vom männlichen Geschlecht", sagtest du.

„Verpönt" hast du sie, diese Weiber. „Alles Zicken, die es nur aufs Geld abgesehen haben. Das sind Schlampen, die den Kinderwagen durch die Einkaufsstraßen schieben, sich in verschiedenen Cafés die Zeit vertreiben, mit ihren Freundinnen zusammen Smalltalk halten...!", nanntest du sie abwertend. Du hast sie gesehen. „Alle." Im Laufe deines Lebens. Und du siehst sie weiterhin, tagtäglich. Wenn du in den Cafés unterwegs bist. Dort, wo du Menschen beobachtest, weil du nichts Besseres zu tun hast, am Tag. Du regst dich auf über Männer, die ihre Frauen zu Hause zusätzlich für deren NICHTSTUN den lieben langen Tag, abends noch überschwänglich mit Geschenken überhäufen! „Na mein Schatz, wie war dein Tag?", hast du sie „nachgeäfft", die in deinen Augen idiotischen Herren. Jeder Mann wäre aus genau diesem Grund mit mir und meiner Genügsamkeit glücklich gewesen, dessen bin ich sicher. Ich bin nämlich wirklich anspruchslos. Ich bin keine „Society- Frau", Victor. Das kannst du mir nicht anders auslegen und an der Stelle wirst du niemals Vorwürfe an meine Adresse senden können, Victor! Zurück in die kalte Realität, Silvester. Während ich nachdachte über dich, über mich und über uns, verging die Zeit in der Silvesternacht wie im Fluge. Es piepte nochmals in meiner

Hosentasche. Wieder du, Victor! Da hast du tatsächlich ziemlich ungeduldig geschrieben: „Wie? Keine Antwort von dir? Aha und das nennst du Liebe, Carina?" Mein Gesichtsausdruck bei deiner zweiten Nachricht, wurde ziemlich böse. Meine Hand machte eine Bewegung. Eine in der Art, dass ich das Handy am liebsten in die Nacht des neuen Jahres katapultiert hätte. Mit Ziel ins Nirgendwo. Liebe, was für ein Mist. Weg mit ihr, der Liebe! Liebe ruiniert einem völlig den Verstand. Liebe tut immer weh. Bei mir zumindest. Ich antwortete nicht auf deine Nachricht. Ich meine, überlege mal, Victor. All die letzten Tage saß ich zu Hause seit deiner Abwesenheit und heulte mir wegen dir die Augen aus dem Kopf. Und du unterstellst mir, dass meine Auffassung von Liebe die falsche ist? Per SMS! „Nein, du Arschloch bekommst keine Antwort", fluchte ich. Meine Antwort wäre ein Roman geworden. Eine einfache Handy SMS reichte nicht aus, um meine Gefühle für dich auszudrücken. All die Tage jammerte und litt ich wegen dir. Chaot! Mich in den 7. Himmel lecken, das hast du drauf, Victor. Mir sexuell höchste Befriedigung schenken, das ist dein Meisterhandwerk. Das verstehst du prächtig. Du bist wirklich der „Sex-Guru" für mich. Sex Guru und Victor, der mit den ausgelatschten Schuhen, die seit 100

Jahren in deinem Besitz sind und ich bin dir rettungs- und hoffnungslos verfallen. Herrlich! Warum, wie konnte mir das passieren? Wenn ich Fotos von dir betrachte, frage ich mich: „Carina, was willst du mit dem „Verrückten? Für mich bist du verrückt, ja. Aber auf eine liebenswürdige, humorvolle Art und Weise. Ich mag das sehr, dass du anders bist, Victor!" Ich habe in der letzten Zeit sehr viel über dich und deine chaotischen Lebensumstände nachgedacht. Deine Klamotten alleine. Deine Jesus- Sandalen und deine „Bundeswehrwesten". Die mit den vielen Taschen. In denen du locker 100 Kugelschreiber, eine Packung Zigaretten, ein Tagebuch, ein Feuerzeug, eine Packung Mentos, ein weiteres Tagebuch und nochmal 200 Kugelschreiber verstecken kannst. Ohne dass es an der Sicherheits-Diebstahls-Zone im Einkaufscenter jemals piepen würde. Dreck macht Laserstrahlen angeblich unzugänglich, das habe ich mal irgendwo gelesen. Deine Waschmaschine ist seit ewigen Zeiten kaputt und wie sollst du die „Tarnweste" also bitteschön waschen? Der Gedanke an deine Wohnung, Victor. Dreck, Müll, Chaos, Unordnung. Bücher überall, Schreibkram. Tagebücher.

Ein völlig eingestaubter Fernseher. Das klapprige Bett und der Kleiderschrank daneben. Dieser riesige Schrank. Warum braucht ein Mann einen so großen Kleiderschrank, wenn er doch sowieso nur 2 Hosen und 3 Pullover zum Anziehen hat? Der Sachverhalt klärte sich schnell. Die Wohnung mit dem Schrank hattest du bereits vom Vormieter übernommen. War sie auch so dreckig vorher, Victor? Als eines Tages die Türe vom besagten Schrank ein wenig geöffnet war, es gibt 3 Schiebetüren in Front, konnte ich erkennen, dass der Schrank mit Ordnern und Akten, anstatt mit Kleidung gefüllt war. Kartons mit Reklameinhalt. Überall Flyer von deinem Buchprojekt. Kleidung gibt es in deinem Schrank keine. Du hast so viele Macken Victor, dass ich mich von ihnen regelrecht erschlagen fühle. Trotzdem liebe ich dich! Auch wenn es in mir fröstelt, wenn ich an die unangenehmen Dingen im deinem Leben denke. An die Unordnung und das Chaos bei dir. Mir ist klar, du magst das selber nicht leiden und würdest es gern ändern, das Chaos um dich herum, das du „deine Baustellen", nennst. Rom wurde auch nicht an einem Tag erbaut. Das verstehe ich. Ich muss dir Zeit geben. Zeit, damit du die Dinge ändern kannst. Immerhin hast du in dem Jahr, in dem wir uns kennenlernten, bereits sehr viel verändert. Du fährst wieder Auto und das nach Jahren! Ich beobachte dich gern, wenn du am Steuer sitzt. Auf langen Strecken hast du noch Probleme. Du redest von dem „Tunnelblick." Ich habe Angst vor einem Tunnel. Du nicht. Du magst es, nachts Auto zu fahren. Ich habe Angst im Dunklen. Ich mag es tagsüber, den seitlichen Blick auf das Drumherum der Straße richten zu können. Wir sind also sehr unterschiedlich. Ich liebe dich trotzdem! In dem letzten Jahr hast du es außerdem geschafft, dich frei beweglich unter Menschen tummeln zu können. Kleidungstechnisch hast du einen Sprung von dem Straßenpenner Victor, zu der Karl Lagerfeld`s „Mann des Jahrhunderts-Kollektion", gemacht. „Du kannst den Menschen wieder mit einem Lachen begegnen, Victor. Du hast tolle Zähne im Mund. Du musst die Lippen beim Reden nicht mehr zusammenbeißen, damit niemand sieht, dass dir deine Kauleiste fehlt. Nein, du kannst herzhaft lachen und auch wieder kraftvoll zubeißen!" Ehrlich, ich frage mich manchmal, wie du überhaupt essen konntest, ohne Zähne im Mund? Gut, einmal hattest du dich tatsächlich an einem Stück Fleisch verschluckt, das du nicht kauen konntest und wärst beinahe daran erstickt. An den Tag der Notoperation erinnere ich mich sehr gut, während ich meinen Brief an dich schreibe, Victor. Mitten in der Nacht fuhr ich nämlich ins Krankenhaus, als deine SMS kam. Du bekamst keine Luft mehr. Ein dicker Fleischbrocken hing in deiner Speiseröhre fest...! Auweia! „Also, seit du endlich Zähne hast, ist er vorbei, dein Albtraum! Trau dich, Victor! Es gibt nichts Schöneres, als herzhaft lachen zu können, ohne sich schämen zu müssen", sagte ich irgendwann zu dir. Wie viel Lebensqualität ging dir verloren in all den Jahren, Victor? Vor allem, ohne Zähne hast du doch wohl nicht allen Ernstes geglaubt, dass ich dich an meinen Brüsten hätte lecken und saugen lassen, oder? Allein der Gedanke war für mich unvorstellbar und ekelerregend. Ich erinnere mich an den Tag, an dem du in der Zahnklinik warst und ich im Aufwachraum an deinem Bett saß. Auf dem Stuhl neben dir gewartet habe, bis du die Augen wieder öffnest. Deine Hand lag schlaff auf dem Rand des Bettes. Nein, ich habe mich nicht getraut, sie zu nehmen. Obwohl ich den leisen Drang spürte, es zu tun! Dein Gesichtsausdruck im Narkoseschlaf war friedlich und entspannt. Du hast mir leidgetan. Etwas Blut klebte an deinem Mund. Bestimmt wirst du Schmerzen verspüren, wenn du aufwachst, dachte ich und ich hatte ein schlechtes Gewissen, weil die Idee, dich zum Zahnarzt zu schicken, meine war. Mit dem Gang dorthin hatte ich dich regelrecht genötigt. Deine andere Hand, die mir abgewandte, sie ruhte auf deinem Bauch, ganz sanft. Es war so still um uns, herum, nur die Überwachungsmaschine hinter dir, sie piepte im Takt! „Liegt dort auf der Pritsche der Mensch, den du einmal lieben wirst, Carina?", sprach meine innere Stimme. Unvorstellbar für mich an dem Tag, dass mein Herz eines Tages dir gehören sollte, Victor! An dem Tag wusste ich, du hattest mit dem Gang zum Zahnarzt den ersten wichtigen Schritt in ein neues, für dich besseres Leben gemacht! Wochen später...! Auf einmal wurde aus Victor dem Loser, dem Penner, ein regelrechter „Mr. Lover!" Der stattliche Victor, der Mann mit den wundervollen Anziehsachen am Leib, das bist plötzlich du! Welch gigantische Veränderung! „Du kannst wunderbar Hemden tragen. Vor allem in Blau. Blau steht dir ausgezeichnet. Aber auch bunt und rot, kariert, du bist gutaussehend, Victor! Ja, das bist du. Eigentlich bist du perfekt! Ich hätte nie gedacht, dass ich mich in dich verlieben könnte." Mich in dich verlieben? Es ist mir tatsächlich passiert! Es spielt keine Rolle, wer du bist, was du bist, was du hast und was du auch eben nicht hast, Victor. Daran liegt es nicht. Du bist ja eigentlich gar nicht perfekt. Du bist ein Chaot in meinen Augen. Aber danach fragt die Liebe nicht. Wenn

Liebe einschlägt, dann tut sie das völlig ungefragt! Obwohl ich soeben noch den totalen Loser, Idioten und Penner in dir gesehen habe, bist du plötzlich perfekt für mich! „Für den, der dich liebt, bist du der Größte, wenn die Liebe kommt! Auch wenn du eigentlich ein Arschloch oder ein Penner bist, Victor! Du bist es! Für mich! Ja! Das größte und geilste Arschloch, eines, das ganz wunderbar vögeln kann!" Natürlich wundere ich mich über meine Sinneswandlung. Sie ist mir unerklärlich und wird wahrscheinlich für immer, bis zu meinem Lebensende ein ungelöstes Rätsel bleiben. Ich nenne die Auflösung zunächst einfach: Liebe. Ich liebe dich, Victor und fertig. Wie sagte mein Ex-Freund immer? Wo sich die Liebe niederlässt und wenn es auf dem Misthaufen ist! Aber, auch auf einem Misthaufen können schöne Blumen wachsen! In meinem Leben wurde ich oftmals enttäuscht und litt deshalb unter meinen Beziehungen, in denen mir sehr wehgetan wurde. Gedemütigt und verletzt hatte „Mann" mich. Außerdem litt ich unter Berührungsängsten. Sex habe ich nur notgedrungen ertragen. Ihn über mich ergehen lassen. Ausgehalten, stillgehalten, durchgehalten. Schweigend meine Not ertragen. Wortlos. Sex war ein notwendiges Übel für mich, Victor! Der Männer zuliebe musste ich mich von ihnen ficken lassen, damit sie mir nicht noch mehr wehtaten. Mit Worten, weil ich frigide sei und ein Sexmuffel. Völlig verkrampft und voller Widerstände in mir, erlebte ich Sex, den ich als sehr brutal empfand, weil ich keine Freude dabei hatte. Die Männer, die über mich herfielen, sie betrachteten mich und meinen Körper nicht mit Liebe. Es war nur ein Gefühl, eine Sucht, ihre Macht auszuleben. Es ging niemals um Liebe. Niemand von ihnen hat mich gefragt, was ich brauche, was ich möchte, was mir wichtig ist. Was ich mag...Gleitcreme ohne Ende schmierten sie mir in die Vagina. Sie vögelten mich unter Zwang. Ich wusste, Sex ist dann etwas Gutes, wenn ich bereit bin, mich auf das Gute einzulassen. Aber wie denn, wenn ich weiß, dass der Sex keine Liebe ist? Der reine Egoismus der Männer war es, von dem ich mich ficken lassen musste. Widerlich, oder? Irgendwann hörte ich auf, den Männern zu vertrauen. Ich wollte mich nicht mehr an sie binden. Mein Herz wollte ich ihnen nicht mehr schenken. „Dabei klebt es jetzt so sehr an dir, Victor. Mein kleines, zartes Herz." Was ist passiert und geschehen? Dass du der wichtigste Mensch in meinem Leben geworden bist? Wie durch ein Wunder, Magie, oder einen Zauber, platzte der Knoten in mir. Als du mich das erste Mal berührt hattest. Das Gefühl, das möchte ich niemals verlieren, Victor! Weil aus ihm, kann ich Kraft, Freude, Glück, Entspannung, Frieden, Lust, Phantasie und Sehnsucht ziehen. Du machst mein Leben bunt, Victor! Bitte, du darfst mir niemals dieses wunderbare Gefühl nehmen! Helfen wollte ich dir, Victor. Helfen, ein normales Leben zu führen. Das bist du mir von Anfang an wert gewesen. Nicht mehr, nicht weniger...Aber das ist eine ganze Menge, oder? Vom ersten Tag, an dem ich bei dir zuhause auf der Couch saß und über dich und dein Leben gestaunt habe, wusste ich, dass ich dir helfen möchte. All das „Verrückte", das „Banale", das „Chaotische" um dich herum, wollte ich beseitigen. Von dem Tag an wusste ich, meine Aufgabe war es, dich wieder auf die rechte Lebensspur bringen. Als ich dir das erste Mal in meinem Leben begegnete, hatte ich gleich den Wunsch, dir etwas von mir zu geben, Victor. Lebensqualität und Glück. Nennen wir es einfach „Etwas Gutes." Ich wollte mich nicht in dich verlieben. Nein! Niemals! Ich habe mich sogar dagegen gewehrt! Gegen die aufkeimende Liebe in mir. Mit all meinen Mitteln. Die Liebe jedoch war stärker, Victor. Ich bin mir sicher, selbst wenn ich „Nichts" getan hätte, wenn ich nicht mit dir zum Zahnarzt gegangen wäre, dich nicht in mein Auto gezerrt, zum Fahren genötigt, dir nicht die Hugo Boss Hosen an deinen Arsch gezogen und das Parfum von Otto Kerns Signatur angesprüht hätte, hätte ich mich trotzdem in dich verliebt...! Man verliebt sich in den Charakter eines Menschen, in seine Herzenswärme und nicht in seinen finanziellen Status! Ich liebe dich als Mensch, Victor. Liebe alles an dir, was dich in deiner Persönlichkeit auszeichnet, mitsamt deinen Fehlern, Schwächen und Macken, aber auch deinen Stärken! Das Aufräumen in deinem Leben, die Beseitigung des Chaos bei dir zuhause, gut, das wäre bestimmt alles nach und nach gekommen. Ich musste dir Zeit geben, Zeit, die Dinge zu ändern! Ich nahm mir vor, dir zu helfen, so gut ich konnte. Zusammen würden wir das schaffen! Ich redete mir die Dinge nicht schön. Nein! Mit dir muss ich mir die Dinge nicht „schön" reden Victor. Sie sind es! Das gefällt mir an unserer Beziehung so sehr. Mit dir ist eigentlich alles wunderbar. Glücklich war ich, bevor du gegangen bist. Sollte deine Wohnung doch im Chaos versinken und du im Dreck ersticken. Dein Lebensstil gehört zu dir, wie du zu mir. Soeben dachte ich an Marianne Rosenbergs Song: „Er gehört zu mir, wie mein Name an der Tür." „Du gehörst zu mir Victor, mit allem „drum" und „dran." Wie dein festgefressenes Fett auf deinem Küchenherd!"Am liebsten will ich Sex mit dir! Hauptsache du befriedigtest mich, dann ist alles gut und die Welt für mich in Ordnung. Es ist das geilste und beste Gefühl! Solange es in deinem Bett genug Platz für mich gibt, ist bei mir alles „tutti." Ein paar Ordner, die kann ich schnell beiseiteschieben und deine nutzlosen Bücher sowieso. Die halten mich nicht davon ab, dass ich das, was du mir sexuell geben kannst, in vollen Zügen genieße und für mich in Anspruch nehme. Oh man Victor, dass du mich einfach in den Wind geschossen hast, kurz vor dem Jahreswechsel, finde ich ziemlich mies und es tut weh. Sehr sogar. Eigentlich war das eine richtig gemeine Angelegenheit von dir! Du hast mir nicht einmal die Chance gegeben, dass wir beide vernünftig miteinander reden. Wortlos und ohne dich ein letztes Mal umzudrehen, hast du einfach deine Klamotten in deinen Rucksack gepackt, ihn auf den Rücken geschnallt, mit deinen Händen die beiden Taschen genommen, an jede Hand eine, und bist wortlos zu Fuß davongezogen. Das war vielleicht ein Anblick. Vollgepackt warst du bis obenhin. Meine Tochter blickte ziemlich verdutzt aus dem Fenster. „Will der jetzt wirklich zu Fuß nach Hause gehen?" Ich habe bemerkt, in ihrem Blick lag ein Lachen, aber an meiner Reaktion hatte sie begriffen, dass die Sache ernst war und sie verkniff es sich. Für einen Moment überlegte selbst ich, ob ich lachen oder heulen sollte, über deinen Anblick, als du den Abgang gemacht hast, Victor. Du hattest an dem Tag etwas von einem modernen Weihnachtsmann. Nur eben einer von denen, die mit den Geschenken abzogen, anstatt sie zu bringen. War das Liebe? Deine Art von Liebe? Dann habe ich mich in dir geirrt! Einfach so zu gehen, ohne sich noch einmal umzudrehen? Ohne ein „Auf Wiedersehen?" Was war das denn für eine Art und Weise? Das war keine Liebe von deiner Seite aus, Victor oder? Eigentlich hätte ich dich gehen lassen sollen. Wohin du zu Fuß auch immer gelaufen wärst. Reisende soll man bekanntlich nicht aufhalten. Es war eine ziemlich kindische Aktion von dir. Natürlich habe ich mich in mein Auto gesetzt und dich an der nächstbesten Kurve aufgegabelt, um dich zum Bahnhof zu fahren. Mir liefen die Tränen während unserer Fahrt, ich konnte nichts sagen, so sehr war ich getroffen. Von dir kam kein Wort. Starrer Blick. Nicht zu erweichen. Nicht einmal meine Tränen konnten dich mehr erreichen. Dein Herz berührte ich an dem Tag längst nicht mehr. Ich war dir egal. Traurig, wenn zwei Menschen so enden, die sich eigentlich sehr lieb haben. Wir entfernten uns meilenweit voneinander. Dabei konnten wir beide uns eine Menge „Wertvolles" geben, Victor. Ich für meinen Teil rettete dir nicht nur finanziell, sondern auch materiell deinen Arsch und du zeigtest mir im Gegenzug die Welt der Orgasmen. Die Welt der Liebe. Heute weiß ich nicht, Victor, was mit dir damals passiert wäre, wenn ich nicht zufällig in dein Leben geplatzt wäre! Wahrscheinlich wärst du hoffnungslos untergegangen. Wie ein sinkendes Schiff. Du warst wirklich in deinem Leben, bevor wir uns kennenlernten, kurz vor dem Kentern. Dem Untergang geweiht, in deiner Person! Manchmal denke ich, unsere Begegnung, die entstammt einer höheren Gewalt. Wir sind füreinander bestimmt. So wie die Geschichte mit uns beiden angefangen hat, war das kein Zufall. Es war Schicksal, unsere Begegnung. Unsere Wege sollten sich kreuzen. Davon bin ich überzeugt. Vielleicht sind unsere Seelen eng verbunden und kennen sich aus einem älteren Leben. Seelenverwandtschaft? Keine Ahnung! Du gibst mir Liebe, Sex und ich rette dir deinen Arsch, finanziell. Tolle Kombination mit uns beiden! Wir sind das ultimative Team! Eine Art Konstellation „Sonderbar!" Erkaufe ich mir deine Liebe? Ich hoffe, die Antwort ist ein „NEIN!" Eine grauenvolle Frage. Aber sie ist berechtigt und sie beschäftigt mich, Victor. Ich finde das klasse, dass ich es geschafft habe, aus dir einen besseren Menschen zu machen, Victor.

Nicht charakterlich. Charakterlich bist du ein feiner Kerl, da ist nichts zu verbessern. Kein Handlungsbedarf. Es sei denn, du hast Chianti getrunken, eine ganze Flasche, dann bist du ein Arschloch. Aber ansonsten bist du lieb. Wirklich. Optisch habe ich dich verändert und somit augenscheinlich tatsächlich aus dir einen besseren Menschen gemacht. Wenn du deinen Kleiderschrank öffnest und die Kleidung vernünftig und ausgesucht miteinander kombinierst, sie trägst, du kannst wirklich der „Mr. Lover" sein. Geh raus auf die Straße! Zeig ihnen, dass du Victor der heldenhafte Sex-Gott bist. Der, der eine Frau glücklich machen kann! Du bist nicht mehr der Loser, Victor, der graue Penner. Der Idiot, der du warst, als ich dich kennengelernt habe. Nein, du bist jetzt ein begehrenswerter Mann. Du siehst gut aus. Du bist intelligent. Du kannst dir nehmen, was du willst und ja, du kannst dir auch nehmen, wen du willst. Ich weiß das ganz sicher. So wie du jetzt bist und erscheinst Victor, in deiner Veränderung, hast unheimlich Wirkung auf Frauen. Ein wenig ist das mein eigener Verdienst. Ist er das? Ja, wird wohl sein. Etwas stolz bin ich schon. Jedoch, habe ich es nicht einmal bewusst getan, aus der Absicht heraus, einen Mann aus dir machen zu wollen, den ich lieben kann. Das hast du mir in unseren

Streitereien aber vorgeworfen. Ich hätte dich konstruiert zu meinem Nutzen und meinem Vorteil. Das stimmt nicht, Victor! Nein. Weißt du, ich für meinen Teil, ich kann jeden Mann haben, wenn ich das will. Mit meiner Ausstrahlung und meiner Art, kann ich jeden verführen und um den Finger wickeln. Aber das will ich ja gar nicht. Ich möchte nur den, den ich liebe und der mich befriedigen kann. Ich möchte den Mann, den mein Herz begehrt. Alle anderen können mir wegbleiben. Vor dir ist mir niemand im Leben begegnet, der es verstanden hat, mich zu lieben und gleichzeitig, gut zu ficken. Du bist in der Tat der Erste, der das Handwerk versteht. Deshalb hänge ich auch so sehr an dir! Deshalb hast du es verdammte Scheiße nochmal auch absolut verdient, dass dir endlich jemand die Hand reicht und dich aus deinem Sumpf zieht. Aus deinem finanziellen Drecksloch. Es ist mir gelungen, dich aus dem gröbsten Schlamm herauszuholen und dann habe ich mich Hals über Kopf in dich verliebt. Leider! Schöner Mist. Ich wollte keine Liebe mehr, Victor. Ich wollte sie nicht, weil ich gar nicht wusste, wie wunderbar sie sein kann. Wo andere Menschen in deinem Leben jahrelang weggesehen haben, bin ich der erste Mensch, der hingesehen hat! Du warst ein erbärmlicher Haufen Elend, Victor. So verloren in deinem Leben. Neben der Spur.

Vom rechten Lebensweg total abgekommen. Mit dem, was du jetzt darstellst, Victor, hast du ab sofort die Chance, auf Frauenfang zu gehen! Es werden sicherlich auch einige bei dir anbeißen! Wenn du ihnen die Chance lässt. Der Gedanke tut mir persönlich natürlich weh. Quasi habe ich mir mein eigenes Grab geschaufelt, indem ich dich in die rechte Lebensspur zurückgeschubst habe. Victor der Traummann, der jede Frau haben kann!

Aber. Du bist fort! Abgehauen im alten Jahr aus meinem Leben. Ich habe dich wahrscheinlich verloren. Jemand anderes bekommt die Chance, dich zu gewinnen und mit dir glücklich zu werden. Glücklich, wie ich es mit dir war. Mir ist das Kunststück gelungen, aus „Scheiße" ein wunderbares Bonbon zu kreieren, das nun eine andere Frau auspacken und „lutschen" darf. Klasse! Oh Fuck Anais Carina Miller. Was hast du angerichtet? Wie blöd konntest du sein, Mädchen? Wie dumm von dir! Ich habe dich nicht mal zum Teufel geschickt, Victor, sondern du hast mich einfach abgeschossen! Liebe ist doch wirklich. Naja, nichts Einfaches zumindest. „So!" Und jetzt sucht der sich eine andere, pass mal auf Carina! Dich hat er doch ausgenommen wie eine Weihnachtsgans, du hast deinen Soll erfüllt und auf Wiedersehen mit dir!", schrieb meine Freundin über WhatsApp, als ich ihre Frage, was wir beide, du und ich Victor, zusammen an Silvester unternommen hätten, mit „uns trennen", beantwortete. Weihnachtsgans? Hattest du mich wirklich ausgenommen, Victor? War das deine Absicht, vom Anfang unserer Beziehung, bis zu ihrem bitteren Ende? Mich abzuzocken und danach zu entsorgen? War ich nur zu blind, um es zu merken? Trug ich die rosarote Brille? Wahrscheinlich. Nervlich war ich ziemlich angeschlagen. Der Liebeskummer nagte an mir und meinem kleinen, blutenden Herzen. So teilte ich mich und mein Leiden meinem halben Bekanntenkreis mit. „Heiratsschwindler war das doch!", schrieb eine andere Freundin. „Der konnte dir genau das sagen, was Frauen hören wollen! Aber mehr doch nicht! Dein toller Freund, Herr Victor! Sei froh, dass er weg ist, Carina! Du warst einfach nur blöd und bist auf den reingefallen!" Ich dachte nach. Bist du wirklich so? Du hast es wahrhaftig gut drauf, das mit dem, „was Frauen wollen." Was sie hören wollen, vor allem. Bist du tatsächlich ein Heiratsschwindler, Victor? Ein Frauennomade, der von Frau zu Frau zieht und sich fröhlich durch die halbe Welt poppt? Das will ich mir nicht wirklich vorstellen! Der Gedanke tut mir weh. Ich liebe dich deshalb, weil du eben nicht der bist, der so etwas mit Frauen macht! Tapetenwechsel/Sexträume/Tagebucheinträge. Gedanklich verfalle ich oftmals, manchmal täglich, in den erlebten Sex mit dir. Nichts kann ich besser beschreiben, als unsere sexuellen Handlungen, Victor. Mir wird heiß und kalt, wenn ich sie lese. Meine eigenen Zeilen über unsere Sexerlebnisse. Träume & Erinnerungen. Die Erinnerungen an deine Berührungen und unsere SM-Spiele sind wunderschön. Ich erinnere mich gerne an unsere gemeinsamen Tage. An deine weichen Hände denke ich, die sich langsam den Weg zu meiner Vagina bahnen. Der Gedanke, dass du mich in meinen Träumen gleich zwischen den Schenkeln genussvoll leckst, erregt mich sehr. Mein Kopfkino funktioniert gut. Festgebunden sitze ich auf dem Stuhl und habe dir zu folgen. Dienen nennst du es! „Einen Tag lang wirst du mir gehören und mir dienen, Carina! Rund um die Uhr. Ok...?" Du hast es mir gut beschrieben vorher, wie der Ablauf aussehen soll. Wir reden klar und deutlich über die Dinge und unsere Wünsche. Es war dein Wunsch, einmal mit mir zu machen, was du wolltest und das 24 Stunden lang. Deine Wünsche, Gedanken und Träume hattest du mir vor langer Zeit bereits aufgeschrieben. Lesen sollte ich sie und eine Antwort wolltest du von mir haben. Ein Ja oder

Nein. Kein langes Geschwafel, sondern deutliche Absprachen! Gut, komm! Lass es uns tun, Victor! Greife mich, schiebe mir den Pullover hoch, zieh ihn mir aus, öffne meinen BH! Zerreiße ihn doch einfach, weil du so geil auf mich bist und es nicht erwarten kannst, mit deinem Mund an meine Hügel der Lust zu gelangen. Nimm meine nackten Brüste in deine Hände und blicke sie gierig an. Stell dir vor, es wären zwei lieblich schmeckende Früchte, von denen du kosten möchtest, Victor. Vernasche sie. Tu das gierig und ungehemmt. Reibe dein unrasiertes Gesicht zwischen ihnen, so dass die Knospen vor Freude hart werden und ich glaube, dass sie zerspringen. Zieh mir, während du meine Brüste leckst, das Höschen aus, fessel meine Hände, dirigiere mich durch das Zimmer. Bugsiere mich auf den Stuhl. Auf den Stuhl der Lust. Verbinde meine Augen. Nackt bin ich und dir hilf- und wehrlos ausgeliefert. Das Spiel spiele ich unheimlich gerne, dir ausgeliefert zu sein, Victor. Hemmungslos kann ich mich dir voller Freude hingeben. Nach dem Dreck, den du mit Worten gekonnt und vor allem geschickt gebrauchen und einsetzen kannst, hungere ich. Unheimlich einfallsreich und bravourös kannst du ihn benutzen. Ich mag die Spielchen mit dir. Komm, Auf geht's! Du sehnst dich danach, mich zu beleidigen und mir all das Dreckige, das in dir steckt, zu übergeben. Mich damit zu infizieren. Du verpasst mir eine Injektion. Süchtig bin ich nach der Verabreichung deiner Droge. Heraus möchtest du aus deinen täglichen Bedrohungen, deiner scheiß Lebenssituation, die dich völlig einengt und dir die Luft zum Atmen nimmt. Während du mich vögelst, denkst du an all die Schlampen, die es in deinem Leben gegeben hat. An die, die dich verletzt und enttäuscht haben. An all das denkst du in dem Moment, wenn du es mir richtig besorgst. Das spüre ich. Deine inneren Verletzungen, dein qualvoller Schmerz, der aus deiner Seele schreit, alles überträgst du auf mich, während ich dir ausgeliefert bin und dein Schwanz mich reitet, als säße der Teufel persönlich auf mir. Es gibt verschiedene Spiele zwischen uns. Manchmal übergibst du mir den Dreck deines Lebens, indem du dir den Mist aus deiner Seele fickst und ihn an mich übergibst, als wäre es das Letzte, was du in deinem Leben noch zu erledigen hast. Da steckt eine solche Wucht dahinter, mit der du mich vögelst, dass ich glaube, du fickst mich quer durch die Hölle zurück ins Schlafzimmer. Dann ist der Sex mit dir richtig dreckig und hart. Vielleicht auch brutal. Ein anderes Spiel ist deine pure Lust, die du profihaft hinauszögerst und derart lustvoll steigerst, dass es passieren kann, dass wir in einer gemeinsamen Panikattacke enden, weil es zu viel an zu ertragendem Gefühl ist. Dein Spiel der Leidenschaft ist das schönste aller Spiele zwischen uns. Irgendwo zwischen hart und zart. Das mag ich am liebsten. Den Wechsel der Gefühle. Du nennst mich Schlampe und Miststück! Wenn wir „fertig" sind, streichelst du mir liebevoll über mein Gesicht. Deinen Finger, der zuvor in meiner Scheide war, legst du sanft auf meine Nase und fragst: „Kannst das Meer riechen, Engel?" Ich mag all das. Alle Spielchen von dir. Ich mag es dreckig und abwechslungsreich. Aber auch liebevoll und zärtlich. Mit dreckig meine ich, wenn du mich verbal in die Enge treibst. Wenn du mich Schlampe nennst, Miststück, dreckige Ratte, Biest und ein wenig später ich wieder dein Engel sein darf, den du genussvoll in den Himmel leckst, das ist genial, Victor! Weitermachen, nicht aufhören bitte! Während du mich in Ektase leckst und ich in deinen Bann meiner Lust gezogen werde, kommt mir dein Blick vor Augen. Der Blick, der mich einige Male bereits hypnotisiert hat. Er ist nicht von dieser Welt. Wenn du ablässt von meiner Scheide und zu mir kommst. Du dich küssend von meiner Pussy zu meinem Mund arbeitest und mich ansiehst. Wenn du verstummst in deinen Bewegungen. Wenn du innehältst. Es still um dich herum ist. Das ist nicht von dieser Welt! Regungslos bist du, schaust mich wortlos an. Unbeschreiblich der Augenblick! Voller Sehnsucht bist du, Victor. Jedoch entdecke ich auch gewisse „Härten" in dir. Du magst meinen Geruch. Nach Meer, Strand und Freiheit rieche ich, sagst du. Du riechst gern an deinen Fingern, wenn sie zuvor in meiner Möse waren. Wenn du mich küsst und ich deine Lippen mit meinem salzigen eigenen Saft schmecken kann, spüre ich die Brandung des Meeres in mir. Wunderschön ist das. Ich mag das sehr. Abenteuerlich und aufregend ist es in meinen Gedanken. Dann treffen sich unsere Augen. Tiefgehend, stechend, hart, aber dennoch weich. Kein Lächeln von dir, nicht ein kleines, eher eine bittere Symphonie liegt in deinem Ausdruck. Verrucht und dunkel ist er, dein Blick, aber wahnsinnig gut. Spüren will ich dich mit all deinen Facetten! In mir, und deine Lippen, die möchte ich überall an meinem Körper, auf meiner nackten Haut fühlen. Küss meinen Hals, Victor meinen Nacken! Meine Brüste, mein lustvolles Dreieck unterhalb der Gürtellinie. Knete meine Brüste, sag mir dass du mich so geil machen wirst, dass ich mir nur noch wünsche, mit dir zu verschmelzen und in deinen Armen zu sterben.

Kipp den Stuhl, auf dem ich gefesselt sitze, hintenüber und nimm mich endlich. Besorg es dir an mir. Lass es raus, das wilde Tier. Ich weiß, dass es in dir steckt. Lass dich los, Victor! Ich gehöre dir und ich gehorche dir. Ich diene dir, ich mache alles was du willst, sag nur ein Wort! Ein Wort nur und ich bin bereit. Feucht bin ich. Ich zerlaufe. Stöhne vor Lust. Deine Hände greifen meine Brüste, du knetest sie, der Griff deiner Hände ist fest, aber angenehm. Ich fühle das Verlangen in ihnen und ich vertraue dir. Die Leidenschaft brennt in uns beiden. Lass sie raus, Victor! Das erregt mich. Du erregst mich! Ich will mehr. Bitte gib mir mehr. Nimm mich endlich, Victor. Zögere es nicht länger hinaus! Ich möchte mitsamt dem Stuhl, an dem ich gefesselt bin, auf dem Rücken liegend, spüren, wie hart du mich ficken kannst, wenn du es nur willst. Fick mich quer durch den Flur, entlang der Küche und zurück ins Schlafzimmer. Die Zeit bleibt stehen, wenn wir uns gegenseitig „abenteuerlich" hingeben. Wir können uns in Zeit und Raum völlig verlieren und einander bedingungslos die Kontrolle abgeben. Die Ruhe, nur ein Stöhnen, ein leises Stöhnen unserer Begierde ist zu hören. Die Begierde des Seins. Den Herzschlag des anderen hören und den eigenen fühlen, das ist Sinnlichkeit. Erotik!

Die vernebelten Fensterscheiben im Schlafzimmer, meinen Kopf zur Seite geneigt und auf dem Weg zum Orgasmus aus einem Augenwinkel heraus im Fenster den Sonnenaufgang erblicken, das ist Liebe. Es gibt nichts „Schöneres" für mich. Du schläfst mit mir in das zarte Erwachen des neuen Tages hinein, der unschuldig ist, wie zu keiner weiteren Stunde in der Umlaufbahn unseres Lebens. Egal wo mit dir, wann und wie, es ist und war immer schön, Victor. Ich liebe dich! Ich will das alles zurück und ich will dich zurück! Ich werde krank, wenn du nicht wiederkommst, Victor. Gibt es etwas Schöneres, als wenn sich deine Lippen an meinen Brustwarzen festsaugen und ich das Gefühl habe, dass deine Lippen sie nie wieder loslassen? Bitte, sie sollen sie gar nicht mehr loslassen, Victor! Und auch du, lass mich nicht los. Bitte. Ich brauche dich. Komm zu mir! Das gute Gefühl, das du mir gibst, das brauche ich. Ich will es nicht verlieren und auch nicht aufgeben. Mich nicht von ihm trennen. Komm zurück, du verdammter Mistkerl! Fick mich! Vögel meine Seele! Sie sehnt sich so sehr nach dir. Aus meiner Klitoris läuft es nass heraus, ich bin bereit. Für dich. Mein Körper zuckt genussvoll und begehrend. Er will dich und ich will es auch! Auf und nieder, es war schön mit dir, Victor.

Leider war es nur ein Traum aus vergangenen Tagen. Die Wahrheit sieht anderes aus, Victor. Du bist weg. Gut, ich könnte dich anrufen. Was soll ich dir sagen? Dass ich dich vermisse? Ja, das könnte ich tun! Aber dir nachlaufen? Das war nie meine Art, einem Mann hinterherzulaufen. Ich muss mich allerdings sehr zusammenreißen, dass ich es bei dir nicht tue. Warum können wir beide uns nicht auf halbem Wege treffen? Warum muss ich alleine kämpfen für das „Wir", warum willst du nicht auch einmal um mich kämpfen? Du würdest niemals um mich kämpfen, Victor. „Ich kenne dich und sehe dich gut." Dir sind die Dinge egal. Ich bin dir egal. „Kommst du zu mir zurück?" Da kann ich wahrscheinlich warten, bis ich feucht werde. Und feucht werde ich nur bei dir. Unter deinen Berührungen. Niemals hat ein Mann mich zerfließen lassen, verflüssigen können, wie du. Unter deinen Händen bin ich geschmolzenes Element, das nur aus der Berechtigung heraus existiert, sich von dir vögeln zu lassen. Mehr brauche ich nicht zum Glücklichsein. „Herzensangelegenheiten", das sind Fremdwörter für dich, leider! Die kommen bei dir in die Schublade, mit der Aufschrift: „Nicht so wichtig!" Manchmal denke ich, in deinem Herzen ist alles verrammelt, zugemauert und mit Stacheldraht eingezäunt.

Verbarrikadiert, der Weg zu deinem Herzen, warum auch immer, er ist dicht. Verdammte Scheiße, ich komme nicht durch zu deiner Seele. Ich erreiche sie nicht. Während ich zuhause sitze und heule, bist du munter an deinem Schreibtisch und bastelst am nächsten Projekt. Wie kann ein Mensch so sein? So kalt? Herzlos? Warum bin ich dir nichts wert, Victor? Warum rufst du mich nicht an? Warum schreibst du mir nicht? Warum kommst du nicht zu mir? Warum, warum, warum? Am Ende sollte ich mich fragen, Carina, warum bist du so ein kleines dummes Mädchen? Warum heulst du dem Kerl hinterher? Einem Mann, dem du völlig egal bist. Einem Mann, der nur sein eigenes Leben im Kopf hat. Er sucht sich bald eine andere, du bist abgeschrieben, Carina, du weißt es genau, du kennst dieses mieses Spiel doch! So viele Männer spielten es mit dir. Warum hast du aus den Dingen nichts gelernt, Mädchen? Wenn das Herz etwas will, dann muss man mit ihm in eine dunkle Gasse gehen und es so lange verprügeln, bis es etwas anderes will. Der Gedanke, zu deinem Herzen nicht wirklich vordringen zu können, schmerzt sehr. Wenn du mich liebst Victor, dann solltest du dich endlich auf den Weg zu mir machen. Setz dich in den nächsten Zug oder schwing dich auf dein Fahrrad und komm zu mir. Im Notfall auch zu

Fuß. Ich würde es tun! Für dich würde ich alles tun! Du tickst anders, Victor. Deshalb liebe ich dich. Weil du anders und ein Arschloch bist. Du bist der Mann, dem ich als Frau nachlaufen muss, ich muss vor deiner Türe stehen, nicht du vor meiner. Zumindest, wenn ich etwas von dir will, sollte ich das tun. Ansonsten kann es mir passieren, dass ich dich die nächsten Jahre nicht mehr vor mein Gesicht bekomme. Wenn ich etwas von dir möchte, dann muss ich mich auf den Weg zu dir machen. Betteln muss ich. Um den wundervollen Sex mit dir. Wenn ich ihn bekomme, weil du gnädig bist, ist das grandios. Vielleicht sollte ich mich das nächste Mal bedanken? Dafür dass du mich wie ein kleines dummes Mädchen behandelst und mir dazu obendrein noch grandiosen Sex schenkst. Du sagst nicht „Nein", wenn du mich ficken kannst. So einfach ist das. Punkt. Sexuell sagst du zu mir sowieso nicht nein oder wenn ich dich zum Essen einlade, auch dann nicht. Spontan zusammen in den Urlaub fahren, dazu sagst du ebenfalls nicht nein! Du nimmst alles Schöne einfach mit, wie sich Kinder Bonbons in den Mund stecken. Du bist nicht traurig, wenn ich nicht bei dir bin! Dass jeder für sich alleine sein Leben lebt und seinen eigenen Krempel macht, ist völlig in Ordnung für dich.

So stehe ich bei mir daheim im strömenden Regen und kloppe Zaunpfähle in den schlammigen Boden meiner Pferdeweide, während du gemütlich im Cafe sitzt und Tagebuch schreibst. Hast du eine Ahnung, wie oft ich über dich fluche? Weil ich in Arbeit ersticke und du nur die schönen Seiten des Lebens genießt? Nein? Sei froh! Du hängst dein Herz an nichts und niemanden. Zu viele Enttäuschungen im Leben hast du bereits gehabt, sagst du. An die Liebe glaubst du nicht mehr. Manchmal denke ich, du willst sie gar nicht, meine Liebe. Warum liebst du mich nicht, Victor? Wenn ich dich frage, heißt es: „Doch Carina, ich liebe dich!" Ok, aber es ist keine Liebe, die meiner ähnlich ist, Victor. Du vögelst mich nicht, weil du mich liebst. Du fickst mich, weil es dir Erleichterung verschafft, deine kranke und verletzte Seele zu streicheln. Gefühle an dich heranlassen, ist etwas für Weicheier, Anfänger oder wie? Während ich traurig zuhause abhänge, weine, fluche und tränenreich in meinem Liebeskummer bade, in ihm bald absaufe, beschäftigst du dich hervorragend mit anderen Dingen. Langweilige Dinge! Tagebuch schreiben... Blogbeiträge. Und ich, ich liebe dich! Weil der Sex mit dir so aufregend ist!

Das ist total verrückt! Haha, wir beide haben herrlich einen an der Klatsche und ich bin wirklich gespannt, wo unser Weg hinführen wird, Victor. Wenn ich zu dir fahren würde, einfach so, im neuen Jahr, nach unserem Streit. Weil ich dich sehen möchte, Victor, ich vermisse dich schließlich, was würde passieren? Eigentlich magst du unvorbereitete Ereignisse nicht. Wenn ich dich vorher nicht anrufe, könnte es durchaus sein, dass du etwas säuerlich reagierst. Gut, spinne ich den absurden Gedanken, mich auf den Weg zu dir zu machen, weiter. Du würdest mich in deine Wohnung bitten, klar! Zum Sex, Fummeln, zum Kuscheln, zu SM und zur Erotik sagst auch du sicherlich nicht NEIN! Da bist du allen anderen Männern ähnlich. Weißt du, ihr Kerle, ihr könnt euch streiten mit uns Weibern bis zum Abwinken. Bis zum Abkotzen und Erbrechen. Wackeln wir Frauen mit dem Arsch und lassen die Hüllen fallen, zwinkern euch nett zu und spitzen unseren Mund verführerisch, dann seid ihr uns gleich wieder hoffnungslos verfallen. Euer Gehirn sitzt so gesehen in der Hose, da führt kein Weg vorbei. Auch wenn gestritten wird, der Schwanz in der Hose funktioniert reibungslos, sogar in härtesten Problemsituationen. Das ist eine beschissene Sache für eine Frau, die wirklich liebt, Victor.

„Es tut mir leid Carina", möchte ich von dir hören. Natürlich möchte ich auch „Schmalz" und dann Versöhnungssex. So funktioniert das. Stopp, die Romantik fehlt! Die Romantik, die habe ich vergessen. Die muss auch noch irgendwo mit reingepackt werden. Stopfen wir sie zum Schmalz dazu. Das sollte in etwa so ablaufen, dass wir unsere Versöhnung bei einem guten Essen feiern. Bei einem Candle Light Dinner! Wunderbar! Der Rosenverkäufer, der an unserem Tisch vorbeiläuft, wird von dir zum Anhalten gebeten. Du winkst ihn herbei und schickst ihn nicht mit einer abweisenden Handbewegung, wie du es sonst tust, von unserem Tisch wieder fort. Wenn wir beim Chinamann zum Essen sitzen und der Rosenverkäufer im Anmarsch ist, kommst du jedes Mal in arge Bedrängnis. In Luft auflösen und dich wegbeamen, kannst du dich leider (noch) nicht. (Du arbeitest aber dran). Dir fehlt das Geld. Du kannst es sich nicht leisten, mir eine Rose zu kaufen und es ist dir sichtlich peinlich, den Indi-Rosen-Mann deshalb immer wieder fortzuwinken. Vorbei an unserem Tisch. Ich warte auf den Tag, an dem du mir sagst Victor, dass wir bitte woanders zum Essen hingehen, damit uns der Rosenverkäufer nicht mehr über den Weg läuft! Erinnerst du dich an den ersten Tag, an dem ich mit dir zum Essen war und der Rosenverkäufer herzlich gefragt hat, ob du mir eine Rose kaufen willst? Dein Blick! Du warst bereit zum Töten. Du hast ihn einfach ignoriert. Entsetzt war ich über deine Reaktion. Dein Verhalten war nicht zu entschuldigen, Victor! Das war das erste Mal in meinem Leben, dass ich die Bekanntschaft mit einem Rosenverkäufer an meinem Tisch gemacht habe, um mir eine Rose überreichen zu lassen und du schickst ihn fort! Derartige Szenen kenne ich nur aus einem Liebesfilm. Dein Benehmen an dem Tag, Victor, glich dem Genre: Drama! Liebesdrama! Die Männer aus den Filmen kaufen jedoch die Rosen für ihre Frauen. Manchmal auch den kompletten Strauß. Du nicht. Ich lerne bei dir immer wieder Neues. Nein, du bist kein Arschloch und auch kein Egoficker, Victor. Auch wenn du mir keine Rosen kaufst! Ich liebe dich trotzdem! Ich könnte dich nicht lieben, wenn du der wärst, wie alle anderen Idioten, die vor dir in meinem Leben anwesend waren! Wenn ein Idiot seiner Frau Rosen schenkt oder kauft, dann ist das beschissen, wenn er dich im Bett nicht befriedigen kann. Rosen allein befriedigen dich als Frau nämlich nicht! Und wenn du einen Idioten an deiner Seite hast, helfen dir auch keine Rosen! Eine Frau braucht beides. Aber ich verzichte lieber auf Rosen, als auf den guten

Sex und die Zärtlichkeit. Gut, zurück zu dem Gedanken, ich fahre zu dir, Victor! Kein langes Reden, keine Diskussionen über Recht und Unrecht unserer Streitereien, es ginge, wenn ich bei dir wäre, ab sofort nur noch um Sex...! Mit Sex könnten wir beide alles retten, was bereits verloren schien! Zu allererst unsere Beziehung. Sex geht immer bei euch Männern. Das finde ich interessant. Weil seit ich dich kenne Victor, funktioniert das auch bei mir. Das hat es in keinen Beziehungen bei mir gegeben, dass ich mich auf spontanen Versöhnungssex eingelassen hätte. Mindestens einen Tag lang hätte ich nach einem Streit geschmollt. Desweiteren hätte ich eine dicke Entschuldigung erwartet für den vorgefallenen Streit! Dieses „Arschkriechen", vom Mann, darauf stehe ich, Victor! Dann bin ich bereit zu verzeihen und die Beine wieder breit zu machen! Dass ein Mann mich in der Art manipulieren kann, ist ok für mich. Aber er muss es unbedingt tun, wenn er wieder an meine Sexbereitschaft appellieren will! Gab es Streit und der Kerl wollte wieder an meine Pussy, dann musste er bei mir erst mal Herzpflege betreiben. Du musst das nicht und du würdest es auch niemals tun und es ist mir egal. Niemals würdest du mir Honig um den Mund schmieren, mir Blumen schenken, ein

„Bitte Bitte" machen und den Dackelblick aufsetzen. Du Victor, tust all das nicht! Du machst immer genau das, was ich nicht erwarte, was du tun wirst. Manchmal streiten wir mit Worten so hart, dass ich wie erschlagen bin. Den Typen in meinen Beziehungen vor dir konnte ich Geschirr, Blumentöpfe und Konservendosen an den Kopf schmeißen. Eiskalt und knallhart. Sie gingen in Deckung, als wären die Tiefflieger aus dem 3. Weltkrieg unterwegs, mit atomaren Bomben an Bord. Das würde ich mich bei dir nicht wagen, Victor! Wir zwei verstehen uns nicht nur sexuell, sondern auch auf geistiger Ebene ziemlich gut. Das dachte ich zumindest. Vielleicht befinde ich mich nur noch auf der sexuellen Ebene, seit ich in dich so sehr verschossen bin, das mag sein. Das Reden in einer Beziehung brauche ich eigentlich gar nicht mehr. Meine Gehirnsynapsen, die funktionieren im Bett reibungslos. Feucht, feucht, feucht. Hervorragend. Die blöden und unsinnigen Gespräche, die können wir uns bereits schenken, oder? Du hast einen Dickschädel, Victor. Manchmal. Der gleicht einer Festplatte mit gigantischen Megabytes. „Behalte deine intergalaktischen Lebensweisheiten doch für dich oder für deine nächste Lesung, Victor, du Penner!", warf ich dir mal an den Kopf.

„Carina, ich finde das wirklich scheiße, dass du mir nicht zuhörst und dass du meine Meinung nicht respektierst", durfte ich mir von dir anhören. „Quatsch Victor! Hey, ich respektiere dich völlig! „Vor allem im Bett. Ich empfange dich mit offenen Ohren, geöffneten Schenkeln und einer triefenden Scheide. Was willst du mehr?"„Ich will Respekt, Achtung und dass du mir zuhörst! Ich will, dass du mein Wissen annimmst und es würdigst!" Ich will, ich will, ich will! Deine Worte... herrlich! Soll ich dir mal sagen, was ich will? „Und ich, ich will Sex, Victor!" Klar Mensch, natürlich nehme ich dich an! Am liebsten deinen Schwanz. In den Mund und in meine Möse, dort, wo er hingehört. Fertig und Ende der Diskussion. Nur in meinen Arsch kommt er nicht. Da gehört er nicht hin. Das mag ich nicht. Habe ich dir das gesagt? Nein? Dann weißt du es spätestens jetzt! Dir scheint es nichts auszumachen, wenn ich traurig und verletzt bin. Zumindest zeigst du keine Reaktion. Dir tut nichts leid, Victor! Du kannst mich beschimpfen und mich schlecht behandeln. „Ja und?", sagst du...wenn ich mich beschwere. Danke für deine Denkweise! Sie ist sehr verletzend, Victor! Manchmal denke ich, du hast einen Menschen wie mich an deiner Seite gar nicht verdient. Außerdem reden wir ständig aneinander vorbei.

Aber ich will ja schlecht behandelt werden. Und gut gevögelt! Auf jeden Fall will ich das! Wer gut vögelt, darf auch mal Arschloch spielen! Das lässt die Beziehung „knistern." Bist du also doch dieses Arschloch, dem es nichts ausmacht, eine Frau im Herzen zu verletzen? Nur guter Sex allein in einer Beziehung kann es auch nicht sein oder? Das wäre dann nichts anderes als: „Halt den Mund und geh schon mal ins Bett! Oder: „Ich besorge uns mal eben unser Lieblingsspielzeug und dann komme ich, um dir den Arsch zu versohlen, Carina!" Ich habe es kapiert, Victor. Ich weiß, ich habe nur zwei Möglichkeiten. Entweder nehme ich dich so, wie du bist oder ich gehe. Streiche dich aus meinem Leben. Gut, ich nehme dich, wie du bist! Jetzt gleich, ok? „Was will ich eigentlich von dir, Victor?" „Nichts willst du mehr von ihm!", sagt das Engelchen in meiner Seele. Du leidest Carina, lass die Finger von dem Mann, er tut dir nicht gut! „Doch!" Geh hin und hole dir das, was du brauchst! „Nur die Hölle brennt heißer als euer Sex", lacht der Teufel in mir. Aber hey, ich bin doch nicht die Carina, der es nur noch um Sex geht oder? Was ist aus mir geworden? Bin ich jetzt etwa eine Egoistin? Die nur an ihre Gefühle denkt und an ihre sexuellen Gelüste? Nachdem ich darüber nachdachte, dass ich vielleicht eine Schlampe sein könnte, musste ich vor lauter Schreck in meine Toilette kotzen. „Du Heiratsschwindler Victor, du Ausnutzer meiner Gefühle, du Arschloch, du gemeiner Dreckskerl, ich liebe dich!" Und ich will dich zurück! Das steht fest. Das ist doch verrückt oder? Ich liebe einen Verrückten?! Oder bin ich die Verrückte? Oh ja, ich bin verrückt nach dir, Victor. Das würde ich dir sogar mitten ins Gesicht sagen. Soweit ist es bereits mit mir gekommen. Herzlichen Glückwunsch, Carina! Da muss Klarheit rein in die Angelegenheit! „Lass uns ficken!"Auf das Wunder, dass du zu mir kommst, brauche ich nicht länger zu warten! Also fahre ich zu dir. Mir gefällt das Spiel. Wir Menschen lieben das am meisten, was für uns unerreichbar ist. Genau das wollen wir besitzen und für uns beanspruchen. Diejenigen Männer, die wir Frauen haben können, die sind viel zu langweilig. Mir sind sie das jedenfalls. Du kannst der „Devil" in Person sein, Victor. Du bist mir meilenweit überlegen in deiner Härte. Verbal schlägst du mich gnadenlos unter den Tisch. Du gibst mir bewusst das Gefühl, dass ich nicht viel wert bin für dich. Du behandelst mich schlecht. Manchmal jedenfalls und dann wie Dreck! Je schlechter du mich behandelst, desto mehr fresse ich dir aus der Hand. Ich bin süchtig nach deiner schlechten Behandlung. Ich bin nicht dein Diamant, den du hütest und beschützt, an den du nichts kommen lässt. Ich bin auch nicht die Frau, die du in den Himmel hebst. Vor Freunden oder vor sonst wem, schon gar nicht. „Du leckst mich lediglich auf Wolke 7 oder 10 und dann kann ich wieder gehen...!" Du bist der Einzelgänger, Victor. Wer an deiner Seite sein will, muss darum kämpfen, dass er es sein darf. Sorge tragen muss er selbst, dass er nicht untergeht, ersäuft absäuft oder ertrinkt neben dir. Du streckst die Hand nicht aus, um zu helfen. Nein. Du würdest höchstens nachtreten! Deine Härte fasziniert mich. Dabei dachte ich anfangs unserer Beziehung, Victor, du wärst ein Weichei. Victor, der liebenswürdige kleine Hosenscheißer, der keiner Fliege etwas zu Leide tun kann. Der bist du nicht! Mit dir werde ich spielend fertig, dachte ich, Victor. Fehlanzeige! Du machst mich fertig! Im Bett und überall! Du hast mich eines Besseren belehrt. Wenn ich an deiner Seite sein möchte, darf ich keine Angst vor Schmerzen haben! Liebe bedeutet in Zusammenhang mit dir immer Schmerz! Dazu habe ich bereits etwas geschrieben, literarisch. Ein Buch extra für dich..., Victor! Es gibt Bücher von mir, in denen ich bewusst darüber geschrieben habe. Über die Schmerzen in Kombination mit Liebe. Liebesschmerz! Zwei Dinge, die zusammengehören. Für mich tun sie das!

Ich liebe das Spiel der Liebesschmerzen. Du tust mir weh und dann kommst du, um meine Wunden zu lecken! Wie wundervoll! „Psycho" Teil I-X nennt sich unser Spiel. Niemand kann mir mehr Leid zufügen, als du, Victor und nur unter deinen Berührungen heilen meine Wunden auch wieder. Du Wunderheiler, du! Wie wunderbar! Der eine mag es zart, der andere hart. Dieses Salz/Pfeffer, Salz/Zucker, Zitrone/Schokoladen Spiel im Wechsel mit uns, das mag ich unheimlich, ich bin süchtig danach und liebe es. Ich brauche das Achterbahnfahren. Das rauf und runter der Gefühle! Dann bin ich glücklich. Darin gehe ich auf und finde die Erfüllung. Das ist meine eigene Vorstellung von Erotik und Sex. Leidenschaft des Wahnsinns. Klar frage ich mich manchmal, was ich in deinen Augen für dich bin und was ich dir bedeute, Victor. Wahrscheinlich bin ich für dich nix, außer einem Sexobjekt. Für meine Freunde bin ich in ihren Augen lediglich ein netter Zeitvertreib für dich. Du hast mich ausgenutzt und verarscht, sagen sie. Warum sie das sagen? Na, du bist permanent pleite, Victor. Sind wir zusammen, kannst du Luxus ausleben. Wir gehen Essen. „Fressen" uns vom Chinamann zum Steakhaus durch. Fahren zum Shoppen nach Düsseldorf, Köln und Dortmund.

Wir machen Unternehmungen, die Geld kosten. Übernachten heute hier, morgen dort, Hauptsache wir kommen raus! Was kostet die Welt! Urlaub einige Male im Jahr, wir fahren spontan ans Meer. Wer bezahlt unseren Spaß des Lebens? Ich! Und ich bezahle gleich für dich mit. Du hast ja kein Geld. Keinen Pfennig. Klar liegt es nahe, dass man vermuten könnte dass du mich bewusst ausgenutzt hast. Das Gegenteil kannst du niemals beweisen. Es sei denn, du gewinnst im Lotto und wir zwei tingeln immer noch zusammen durchs Leben und du kaufst mir ein Pferd. Allerdings glaube ich, wenn es tatsächlich so wäre, dass es dir nur um deinen Vorteil ginge, finanziell, dass ich das körperliche Gefühl, das du mir gibst, niemals spüren könnte. Wenn du mich berührst Victor, verzauberst du nicht nur meinen Körper, sondern meine Seele und ich berühre den Himmel. Du gehst tief rein. Du kannst mich am ausgestreckten Arm verhungern lassen, wenn du das willst. Du meldest dich manchmal tagelang nicht bei mir und rufst mich auch nicht an. Es ist Stille um dich, wenn du das willst. So, als seist du gestorben. Verschwunden. Spurlos. Du bist für mich Segen und Fluch zugleich. Seit Jahren bist du auf dem Trip unterwegs, wenn die Frau nicht spurt, dann lass sie ziehen! Wenn du wüsstest, wie traurig du mich machen kannst, mit deinem Verhalten. Aber du machst mich ebenso auch wahnsinnig glücklich. Hier mal eine Beziehung, da eine Erfahrung, hier ein Fick, dann dort. Das war deine Vergangenheit. Du warst weder verheiratet, noch gibt es Kinder. Das ist dein Leben. Wie langweilig. Warst du überhaupt mal im Bordell? Bestimmt! Irgendwo musst du die Schweinereien ja gelernt haben, die du drauf hast! Vor meinem inneren Auge sehe ich dich gut. Ich habe irgendwann mal heimlich in einem deiner Tagebücher gelesen. Dort hast du geschrieben, dass alle Frauen in deinen Augen nur Zicken wären, ein unnötiges Übel. Frechheit! „Frauen, das Geschlecht, mit dem ein Mann nicht wirklich viel anfangen kann", las ich entsetzt. Außerdem stand dort, dass Manuela sich schon auf der Abschussliste befand, weil du Maren in Aussicht genommen hattest. Maren nur deshalb, weil Doreen nicht in die Puschen kam. Doreen hatte aber die schöneren Brüste, wie du dank ihrer durchsichtigen Bluse, die sie oftmals trug, vermuten konntest. Wie solltest du dich denn da entscheiden? Bist du auch einer von den „Busengrapschern?" Mal fühlen bei den Frauen und sich gedanklich an ihnen aufgeilen? Hast du dir beim Lesen deiner eigenen Tagebuchzeilen einen runtergeholt, Victor? „Bist du auch einer von ihnen, die sich wünschen, an unseren

Höschen riechen zu dürfen?" Ihr Männer mit euren wilden Phantasien seid doch alle zu feige, das auszusprechen, was ihr wirklich wollt! Ihr wollt nämlich genau genommen heimlich an den Höschen aller Frauen dieser Welt riechen, denen ihr mit Empathie begegnet. Sie mit nach Hause in euer Bett nehmen, um an ihren Brüsten zu nuckeln und mit eurem Schwanz mal unten reinzuschauen, wie es bei Mami ausgesehen hat und wo ihr eigentlich herkommt. Wenn es euch gefällt, kann sie bleiben die Frau, aber sie hat zu parieren. Sie muss willig sein und euch gehorchen! Blumen kaufen, uns Frauen zärtlich in den Arm nehmen, den Streit ausdiskutieren und uns einmal Recht geben in Konfliktsituationen, das wollt ihr doch alle nicht! Für irgendeine Frau müsstest du dich entscheiden, alleine sei das Leben zu langweilig, las ich weiter in den Zeilen deines Tagebuchs. Interessant! Im Grunde genommen gingen dir alle Weiber am Arsch vorbei. Auf den Sex wolltest du aber auch nicht verzichten. Klar, wer will das schon? Du Arschloch! Frauen, ein unnötiges Übel nanntest du sie in deinem Tagebuch! „Das ist mir nichts „Neues", Victor." Ich kenne dich und all die anderen erbärmlichen Kerle. Die meisten sind doch tatsächlich nichts anderes, als bemitleidenswerte Wixer! Ihr seid doch alle gleich. Es hat allerdings Männer in meinem Leben gegeben, die mich zwischendurch immer mal wieder überrascht haben. Weil ich glaubte, dass sie doch anders waren. Einmal mal kein Schwein im Leben treffen! Ein von mir langgehegter Wunsch. Einer von ihnen, die ich traf, von denen ich dachte, hey, der könnte anders sein, sagte mal zu mir: „Carina, du brauchst meinen Schwanz gar nicht in den Mund nehmen! Das sagte er, noch bevor es mit uns zur Sache ging. Das hatte mich irritiert. Von dem Typen hatte ich erwartet in dem Moment, dass er mich fragt, ob das nicht toll wäre, dass ich sein bestes Stück nicht lutschen brauchte, um ihm ein gutes Gefühl zu verpassen! „Ich bin da unten ziemlich empfindlich!", sagte er stattdessen, nachdem er kapiert hatte, dass ich überrascht war. Hey, alle Männer wollen doch, dass wir ihren Schwanz lutschen. Ob uns das Spaß macht oder nicht. Und sie wollen auch, dass sie in unserem Mund abspritzen dürfen. Ob uns das schmeckt oder nicht. Ok, das war eine schöne Ausrede, seine Empfindlichkeit. Dabei wollte er einfach nicht, dass lustlos an seinem Schwanz genuckelt wurde. Dann lieber gar nicht. Ja, er war anders. In der Tag. Er fiel bei mir aber auch unter die Kategorie: Schwein! Weil er unehrlich war. Und er klammerte zu viel an mir. Das geht gar nicht bei mir.

Aber, für einen Mann ist es bestimmt scheiße, wenn dir eine Frau lustlos am Schwanz rumnuckelt. Da würde ich als Mann der nächsten Tusse auch irgendwann sagen, hey, bleib mal weg da unten, ich bin da empfindlich. Wahrscheinlich geraten einige Männer oft an diejenigen Frauen, die das Schwanzlutschen nur aus Pflichtgefühl heraus betreiben. Den meisten Männern ist es doch aber egal, oder? Hauptsache das beste Stück befindet sich im Mund. Mag ich das eigentlich? Den Schwanz in den Mund nehmen? Ha, das möchtest du gerne wissen, Victor, was? Was glaubst du? Ich meine, das musst du dich als Frau erst mal trauen, einem Mann zu sagen, dass du seinen Schwanz nicht in den Mund nehmen willst! Warum auch immer du das nicht willst. Alle Männer wollen, dass wir ihren Schwanz lutschen. Sie fühlen sich als der King, wenn wir ihnen sagen, dass wir ihren Schwanz gerne lutschen. 50 % mindestens aller Frauen, bestimmt mehr, vielleicht auch 80 %, lügen, wenn sie das sagen. Gibt es tatsächlich Männer, denen das Ficken etwas ganz anderes bedeutet, als wir Frauen annehmen? Die sich freuen, wenn wir ihren Schwanz nicht lutschen, weil sie wissen, dass wir es nicht mögen. Verrückte Welt. Eine Professionelle, die lutscht den Schwanz auch nicht gern. Sie kann es aber gut schauspielern. Deshalb würde ich, wenn ich Mann wäre, niemals in den Puff gehen. Es sei denn, ich wäre so überzeugt von mir, dass ich mir selbst beweisen wollte, dass es mir gelingen würde, die Nutte zum Orgasmus zu bringen. Zu einem Orgasmus, der nicht vorgespielt wäre. Das stelle man sich mal bildlich vor! Geht ein Mann aus dem Bordell heraus und sagt: „So, der Ollen habe ich es aber bestens besorgt!" Ich kann mir das bildlich vorstellen, wie er sich dabei die Hose hochzieht, indem er sich an seinen Gürtel fasst. Nein! Es gibt keinen Mann, der einer Frau freiwillig sagt, hey, du brauchst meinen Schwanz nicht in den Mund nehmen, wenn du das nicht magst! Kennt jemand einen? Ich nicht! –bis auf genanntes Beispiel...Sonderexemplar! Deine neuen Tagebücher, Victor, in denen ich eine Rolle spiele, die hast du gut versteckt. In ihnen würde ich gerne mal lesen. Wenn ich sie finde, die Bücher, fahre ich bestimmt nie wieder zu dir. Dann wäre es aus und vorbei mit uns beiden, richtig? Weil du das weißt, werde ich sie niemals finden! Eigentlich willst du mich ja gar nicht verlieren! Aber das würdest du niemals zugeben, stimmt's? Männer haben meiner Meinung nach weniger Schmerzempfinden an einer kaputten Liebe, als wir Frauen.

Heute die Frau ficken, morgen die andere, immer auf der Suche nach der perfekten Frau, seid ihr Männer. Männerherzen schlagen anders! So, genug philosophiert. Der nächste Streit zwischen uns wird kommen. Du weißt jetzt zumindest, was ich mir dann von dir wünsche und was du zu tun hast! Also! Blumen kaufen, Reden, in den Arm nehmen und mir sagen: „Ja, du hast recht, Carina, ich bin ein blödes Arschloch, es tut mir leid! Kommst du trotzdem mit ins Bett und lutscht meinen Schwanz? „Aber natürlich, Victor!" Widmen wir uns wieder den schönen Dingen des Lebens! Der Liebe, Lust, dem Sex und den Leidenschaften. Vergessen wir den Streit und die Verhaltensweisen der Männer und ihre dämlichen, andersartigen Liebesgefühle gegenüber uns Frauen. Daraus werden wir sowieso niemals schlau werden. „Carina, tu das nicht! Bitte nicht!" Meine Freundin schüttelte energisch den Kopf. Wir hatten uns im Cafe verabredet, um über dich zu reden, Victor. Nein, wir wollten wie die Schlampen über dich „herziehen." Das ist die Wahrheit. Frauen können untereinander lästern, das glaubst du als Mann gar nicht! Ich möchte nichts beschönigen, Victor. „Abrotzen" wollten wir über dich! Meine Freundin tat es in vollen Zügen. Ohne ein Blatt vor den Mund zu nehmen.

Sie mochte dich nicht leiden. „Der ist das nicht wert, dass du ihm nachrennst, Carina! Der weiß doch genau, dass er mit dir so rumspringen kann!" „Eigentlich springt er gar nicht mit mir rum!", verteidigte ich dich. „Er ist halt nicht mit einem anderen Mann zu vergleichen! Wir können ihn nicht mit normalen Maßstäben an anderen Männern messen, Verena!" Meine Freundin Verena verstand nicht, dass du in meinen Augen eigentlich ein sehr liebevoller Mensch bist, Victor. Dass man dir nicht mit Vorwürfen kommen darf. Alles Kontraproduktive im Leben macht dich depressiv. Fein ist es, wenn man immer die Sonne für dich scheinen lassen kann. Dann bist du ein glücklicher Mensch. Streit liegt dir fern. Du magst blauen Himmel, Sommer, Sonne und Urlaub. Im Flugzeug über den Wolken sitzen, fein Essen gehen und im Cafe ein gutes Buch lesen. Tagebuch schreiben unter dem Schatten einer Linde im Stadtpark. Im warmen Sommer. Das ist deine Welt. Wenn es eine Frau schafft, dir in deinem kleinen, eigenen Paradies noch etwas Eis und Limonade zu servieren, ist sie herzlich willkommen in deinem Leben. Allerdings darf sie nicht erwarten, dass du ihr Champagner oder Kaviar zum Dank servierst. Aber du würdest sie sexuell vom Feinsten verwöhnen.

„Für mich hat Victor eine miese und gemeine Art an sich Carina und Sex ist nicht alles im Leben! Er hat dir gegenüber gar keine Wertschätzung, er verletzt dich und entschuldigt sich nicht einmal bei dir! Warum rennst du so einem Idioten hinterher? Eine Frau wie dich bekommt der Kerl nie wieder, das wird er schon merken, wenn du ihn einfach mal links liegen lässt, Carina. Vielleicht kann er sich dann endlich mal bei dir entschuldigen. Wenn er weiß, was er an dir hat!" Meine Freundin Verena war fassungslos über die Entschlossenheit, mit der ich um dich kämpfen wollte, Victor. Noch schlimmer fand sie den Gedanken, dass ich zu dir fahren wollte. Ja, Sex ist nicht alles im Leben, das weiß ich, aber du kannst mich mit Sex glücklich machen, Victor und das ist das Wichtigste in meinem Leben. Glücklich zu sein und nichts anderes! Deshalb werde ich kämpfen für das „Wir." Für das Glück. Für mein Glück. Ich will endlich wieder glücklich sein und mit dir war ich glücklich, Victor. Wenn ich das Glück durch Sex mit dir wiedererlangen kann, dann muss ich mich auf den Weg zu dir machen und mich von dir „knallen" lassen. So einfach ist das. In meinem Wahn, wieder glücklich werden zu wollen, hatte ich nicht überlegt, was passieren sollte, für den Fall, dass du mich gar nicht zurück willst.

Jeder Mann will Sex. Und ich will es auch! Dann willst du es erst recht! Was sollte also schieflaufen? Wir schrieben uns nach dem Jahreswechsel sporadisch im Internet. Belanglose Nachrichten. Du schriebst mir, dass du verstehen kannst, wenn ich erst mal den Abstand zu dir brauche. Wenn mir jedoch etwas auf dem Herzen läge, sollte ich zu dir kommen. Deine Tür wäre für mich Tag und Nacht geöffnet. Wie nett von dir Victor! Dein Bett auch? Du hast mich in den Wind geschossen, aber wenn er zu stark bläst, darf ich Schutz bei dir suchen kommen. Du blödes Arschloch...! Beziehung brauchst du nicht unbedingt, aber den Kontakt willst du halten. Sehr clever von dir. Das Sexobjekt „Carina" schieben wir mal nicht ganz von der Bildfläche, oder wie? Weil, vielleicht brauchen wir sie ja noch.

Ein wenig gestalked hatte ich dich. Auf deiner Facebook- Pinnwand. Da war mir aufgefallen, dass du dich gleich an die nächstbeste Dame rangeschmissen hattest. Vielleicht absichtlich, um mich bewusst zu ärgern. Jedenfalls hat mir das sehr wehgetan, was ich dort sah, auf deiner Pinnwand. Wir Menschen sollten versuchen, die Dinge zu reparieren, anstatt sie wegzuschmeißen und uns gleich „neues Spielzeug" zuzulegen!

Warum warst du auf der Suche nach einer anderen Frau? Was brauchst du eigentlich genau, Victor G. Punkt Reiter? Warum kannst du nicht einfach mal zufrieden sein mit dem, was du hast? Bin ich sexsüchtig? Hilfe! Ja! Scheinbar. Eigentlich hätte ich dich nach meiner Stalk-Aktion und dem Wissen, dass du bereits das nächste Opfer im Visier hattest, aufgeben müssen! Dich aufgeben kann ich aber nicht, Victor. Ich bin dir verfallen. Hilflos! Wehrlos! Machtlos! Etwas unwohl war mir, als ich mich auf den Weg zu dir gemacht habe. Ohne dich anzurufen oder dir zu schreiben, um meinen Besuch anzukündigen, setzte ich mich ins Auto und fuhr los. Das war die falsche Entscheidung. Natürlich. Ich hätte nicht fahren dürfen. Aus moralischer Sicht ein ganz klares „Nein" an meine Adresse! Wurde ich angetrieben von Gelüsten? Ja, das auch! Victor, wenn du mich das nächste Mal in die Hölle reitest, lass mich dort bitte, ich will nicht mehr zurück! Ich will dir nicht mehr länger hörig sein! Ich wollte unbedingt Sex! Das hätte mir vor ein paar Jahren jemand erzählen sollen! Carina, du wirst dich auf den Weg zu einem Mann machen, mit dem du dich gestritten hast und von dem du sehr enttäuscht worden bist, aber du sehnst dich nach dem Sex mit ihm. Du verzeihst dem Mann alles und er kann emotional mit dir machen, was er will! Weil... er dich gut fickt! Und, Carina, du wirst ihm aus der Hand fressen. Das hätte ich für einen schlechten Witz gehalten. Niemals hätte ich es einem Kerl verziehen, dass er mich derart verletzen konnte, ohne sich bei mir zu entschuldigen. Dass ich zum Dank mit ihm obendrein in die Kiste gestiegen wäre, undenkbar. Dinge können sich ändern im Leben. Da staunt man hinterher nur noch blöde und guckt dumm aus der Wäsche. Liebe verändert vieles im Leben. Direkt vor deiner Haustür rief ich dich an. Aus meinem Auto heraus. Das hatte ich so geparkt, dass du es nicht sehen konntest. Die Lage wollte ich zunächst checken. Du warst ziemlich überrascht am anderen Ende der Leitung. Etwas rumgestottert hast du. Ich fragte dich, wie es dir ging und dein: „Ach ja, geht so!" kam doch etwas zaghaft rüber. Eigentlich wollte ich dich fragen, ob du mich vermisst hast. Auf die Zunge biss ich mir. „Willst du mich sehen, Victor?", fragte ich stattdessen. Deine Antwort war ein direktes: „Ja!" Wow! Dachte ich. Klare Ansage! Gespannt wartete ich, welchen Zeitraum du mir für meinen Besuch anbieten würdest. In den nächsten 2 Wochen, den kommenden 2 Tagen, Jahren oder wann wolltest du mich sehen?! Immerhin brauchtest du große Vorlaufzeiten für Besuche.

Spontane Besuche waren der Horror für dich. „Ja" Carina, wenn du mal Zeit hast, dann komm doch vorbei! Ich möchte dich gerne sehen!" Ich holte tief Luft. „Ich bin in 2 Minuten oben!", sprach ich es aus. Am anderen Ende der Leitung herrschte Ruhe. Nicht mal mehr ein Luftholen deinerseits war zu hören. Deine Vorlaufzeit, auf die du generell Wert legst, die konntest du mit meiner Spontanaktion begraben. Sicherlich hatte ich dich mit meiner Aktion überrascht und emotional in Bedrängnis gebracht. Weißt du was, Victor? Das war mir egal! Als ich unverhofft dreist bei dir auftauchte, landeten wir beide natürlich im Bett. Wo sonst? Wir beide schafften es grandios, unseren Streit mit Sex perfekt ins Abseits zu manövrieren. Wir zwei waren auf dem Gebiet echte Profis! Wir konnten Streit mit Sex begraben und hatten noch unseren Spaß dabei! Keiner von uns beiden musste leiden, wenn wir zwei genau dasselbe voneinander wollten. Eine nützliche Angelegenheit! Natürlich sagte ich dir, dass ich enttäuscht war, dass du mich sitzen gelassen hattest, kurz vor dem Jahreswechsel. Das sagte ich dir direkt nach meinem Orgasmus. Dir ließ ich keine Zeit, ihn zu genießen. In dem Punkt war ich hart. Eigentlich hatte ich auf der Zunge liegen, dir zu sagen, dass ich es erstaunlich finde, wie geil du mich immer wieder machen kannst. Trotz dass wir Streit hatten. Streit hin oder her, Beschimpfungen ebenfalls hin und her, ich will immer „mehr", wenn du mich anfasst, Victor! Du vögelst mich in den Himmel und das Gefühl ist wunderbar. Du machst mich zeitlos und unsterblich...! Du machst aus mir die geile Sau, die über ihren Körper nicht mehr mächtig ist und das Gefühl ist eine Sucht für mich.

Wenn deine Hände meine Haut streicheln, mich berühren, meinen Körper entlangfahren, kann ich alles um mich herum vergessen. Es ist, als würde ich mich in einer anderen Zeit, in einer fremden Galaxie befinden. Du versetzt mich in eine Art Trance. Verdammte Scheiße, ich bin dir anscheinend wirklich hörig. Sexuell hörig. Die Erkenntnis macht mich plötzlich wütend. Normalerweise lache ich herzhaft, wenn der Orgasmus über mich hereinbricht. In dem Moment, als du ihn mir bescherst, ist mir statt nach Lachen, nach „Ohrfeigen". Dir hätte ich gerne so richtig eine geknallt! Victor! Dumme Angewohnheit von mir, mit dem Lachen nach dem Orgasmus! Die Männer die es wissen, die fragen natürlich sofort, wenn ich beim Sex nicht lache: „Wie, war nicht gut?" Einen Orgasmus kann ich somit schlecht vorspielen. Wenn ich wirklich herzhaft lache, dann war es wahrhaftig ein Mega Orgasmus. Wenn ich nicht lache, dann war er tatsächlich scheiße. Wie dem auch sei, wie wunderbar, im Orgasmus lachen zu können oder? In dem Moment, in dem ich lachen wollte, Victor, spürte ich jedoch eine Wut in mir aufsteigen. Gegen die Wut konnte ich nichts tun. Das Kribbeln kam direkt aus meinem Bauch, stieg mir in den Kopf und platzte aus mir heraus. Meiner Wut und Enttäuschung ließ ich verbal freien Lauf. Volle Ladung! Du kannst dich glücklich schätzen, dass ich dir keine gescheuert habe, dass ich an dem Tag nicht handgreiflich wurde, Victor. Die Schlagzeile sah ich gedanklich in der Bildzeitung: „Frau dreht nach Orgasmus völlig durch!" Richtig zusammengeschissen habe ich dich, Victor! Aus heiterem Himmel. Wegen unserem Streit. Er lag mir zu schwer auf der Seele. Du wusstest gar nicht, wie dir geschah. Du warst ziemlich perplex. Du leckst mich in den 7. Himmel und ich raste danach komplett aus, drehe durch! Ob du mich verstanden hattest in dem Moment, keine Ahnung. Wortlos lagst du neben mir im Bett. Du warst etwas entsetzt. Eigentlich hattest du mich doch soeben glücklich gemacht, mir einen wunderbaren Orgasmus beschert und ich predigte dir plötzlich einen von wegen, wie enttäuscht ich von dir war!

Ich will nicht sagen, dass du „kalt" bist. Du bist in einigen Situationen gefühlstot! Ohnmächtig. Du realisierst die Dinge nicht. Männer ticken sowieso anders und du völlig. Nein, du kannst nicht gefühlstot sein. Oder doch? Wie könntest du mich sonst so genial vögeln? Die Begierde, meine Sehnsucht und die Lust auf dich, mein sexuelles Verlangen nach dir, das du durch deine Berührungen in mir auslösen kannst, sind viel grösser, als jeder Zweifel an deiner Person. Um mit dem „Wir" klarzukommen, rede ich mir ein, du hast viele wichtige Dinge nur verlernt in deinem Leben. Schöner noch, ich sage, du hast sie vergessen! Wahrscheinlich haben dich gewisse Frauen geblendet, dich abstumpfen lassen in eurer Beziehung. Wenn man seinem Partner das Gefühl gibt, es ist mir nicht wichtig, wie es dir geht, was du brauchst und was dir wehtut, dann wird die Beziehung irgendwann zum reinen Gefühlsfrust. Da muss man schwer Acht geben. Dann wird die Liebe eines Tages gehen. Ich wollte die Liebe zu dir aufrechterhalten, Victor. Um alles in der Welt wollte ich um dich und unsere Liebe kämpfen! Es gab keinen Mann, den es wirklich interessiert hat, was mir wichtig gewesen wäre in einer Beziehung und was ich mir gewünscht hätte, um glücklich zu sein, bis du gekommen bist. Die meisten Menschen führen solche sinnlosen und stumpfen Partnerschaften gnadenlos weiter. Bis zum bitteren Ende. Weil sie einfach von der Gewohnheit nicht loslassen wollen. Oftmals sind sie zu schwach, um sich aus ihrem Beziehungsmüll zu befreien. Sie denken, alles wird besser. Irgendwann wird alles wieder gut. Wenn erst mal das Kind da ist (viele Leute, vor allem die jüngere Generation meint tatsächlich fataler Weise, durch ein Kind die Liebe retten zu können, ist mir auch passiert). Oder wenn wir uns einen Hund zulegen, wenn wir dies, wenn wir das... machen... tun, läuft die Beziehung schon wieder. Ja, vielleicht kann ein Hund eine Beziehung tatsächlich retten. Anfänglich, aber doch nicht dauerhaft. Eine Beziehung retten? Das gelingt selbst den besten Paartherapeuten nicht. Was ist dir lieber Victor, Liebe oder Sex? Die Frage stellte ich dir. Deine Antwort auf meine Frage war: „Liebe!" Kaum zu glauben! Aber ist es auch meine Antwort? Um jeden Preis möchte ich „Beides" in der Partnerschaft haben wollen! Sex und Liebe! Beides alleine, das eine ohne das andere, ist doch Mist. Das Gesamtpaket möchte ich! Das musst du dir im Leben erst mal ergattern! Gar nicht so einfach. Wenn einem das gelungen ist, ist es klar, dass man es nicht mehr hergeben möchte. Die Gier, Sex und Liebe zu ergattern, treibt uns Menschen stetig voran.

Hinein ins falsche Spielfeld. Dort wird sich versteckt, es wird gelogen, verheimlicht, betrogen, geschauspielert usw. Die Menschen sind angetrieben von dem „Blutlecken". Wer es einmal geschmeckt hat, beides zu bekommen, Liebe und Sex, tief verbunden und vereint im Herzen, in der Seele und ihrem Verlangen, der wird immer wieder dorthin zurückkehren wollen! Hat uns ein Mensch einmal in unserer Seele berührt, wollen wir es immer wieder erfahren. Um jeden Preis! Jeder will das Beste im Leben! Ich natürlich auch! Ist es nicht das Beste, wenn du einen Partner hast, der dich liebt und mit dem du den geilsten Sex der Welt erleben kannst und darfst? Klar ist es das! Das weiß jeder Mensch. Dieses Phänomen besitzt nur kaum jemand. Die Menschen leben in der Hoffnung, dass mit jeder neu begonnen Beziehung sich ihnen endlich die große Liebe offenbart, ohne Schmerzen, nur mit dem Besten versehen. Alles ist rosarot. Begleitet von dem geilsten und wildesten Sex, ohne Tabus und mit den tiefen Berührungen im Herzen. Das ist Liebe! Jeder Mensch möchte Liebe. Jeder Mensch braucht Liebe. Wahrscheinlich existieren wir Menschen allein der Liebe wegen. Anstatt dass Menschen sich lieben, wird sich auseinandergelebt. Es wird nicht mehr miteinander geredet, sondern nur noch gehofft, dass ein Wunder geschieht, dass alles besser wird in der eigentlich längst verlorenen Beziehung. Wunder kommen nicht von alleine. An einer Beziehung muss man arbeiten! Niemand ist bereit, sein Glück selbst in die Hand zu nehmen und dafür zu kämpfen, dass die Spannungen genommen werden. Im Gegenteil, der Frust und die Geschwindigkeit der Streitereien nehmen zu. Für die Beziehung, für das glückliche Miteinander, möchte niemand mehr arbeiten. Wir können Menschen, unseren Partner, nicht ändern. Wir können uns jedoch selbst verändern. Leider sind wir Menschen oftmals zu stolz, diesen Weg zu gehen. Den Weg der Veränderung. Ich gehöre leider auch zu ihnen und du sowieso, Victor! Also, was sollten wir jetzt machen? Wenn ich mich entscheiden müsste, zwischen Sex und Liebe, ich würde den Sex nehmen. Wenn man liebt, ist man verletzlich, Liebe kann sehr schmerzen. Sex ist schön. Sex fordert keine Rechenschaft. Keine Bedingung oder Erwartung im täglichen Miteinander. Wie einfach, oder? Wir ficken zusammen und danach sind wir fertig, jeder geht seinen Weg und tschüss. In einer Liebesbeziehung da musst du gucken, dass du dem Partner gerecht wirst. Schwierige Angelegenheit. Daran scheitern die meisten Beziehungen, weil das ja anstrengend ist.

So passierte es auch uns beiden, Victor. Es war verrückt und naiv von mir, zu glauben, dass uns das nicht passieren konnte. Liebeskummer hat jeder Mensch im Leben schon mal mitgemacht. Einige landen deshalb in der Klapsmühle, andere beißen gleich ins Gras. Sie legen sich eine Schlinge um den Hals und steigen auf den Stuhl, mit dem sie zusammen umkippen. Den Revolverlauf stecken sie sich in den Mund und drücken ab. Alles der Liebe wegen. Peng! Vorbei. Weg biste. Du hast es ebenfalls getan, Victor. Auch du hast eine dunkle Vergangenheit. Eine ziemlich dunkle sogar. Ja, auch du wolltest dich aus dem Leben katapultieren, vor Jahren. Du wolltest weg von den Lieblosigkeiten der Menschen. Der Menschen Verachtung, ihrer Rachsucht, dem Hang zum Neid und ihrer Missgunst wolltest du dich nicht mehr länger aussetzen. Deine Blogbeiträge sind voll mit den Grausamkeiten, die unsere Welt zu bieten hat. Du bist gescheitert. In deiner Absicht, zu sterben. Zum Glück war dir der Versuch misslungen. Wäre es dein Ende gewesen, wir beide hätten uns niemals kennengelernt. Das wäre schade gewesen. Aber, es ist ein anderes Kapitel und es ist deine Geschichte. Klasse wäre es, wenn du darüber einmal schreiben würdest, Victor. Ein Buch. Aus deiner Vergangenheit.

Du bist zu faul, ich weiß. Schade. Ich glaube, es würde die Menschen interessieren, wie deine Vergangenheit ausgesehen hat. Sie war düster. Genau das ist es, was Menschen wissen möchten! Sie wollen hinein in die Absurditäten der dunklen Lebensseiten ihrer Mitmenschen und in deren Geschichten rumwühlen, die eigentlich niemanden etwas angehen. Wir lecken Blut und spucken erwartungsvoll in unsere Hände, spitzen die Ohren, wenn wir hören, hier kommt gleich ein Skandal, eine Katastrophe, ein menschlicher Untergang! Blut, Tränen, Müll, Dreck, Perversität und andere Dinge, die sind es, die anziehend wirken. Wir stürzen uns darauf! Gierig und besessen! In jedem Menschen steckt ein Sadist. In mir auch, klar! Darauf bin ich stolz! Irgendwann Victor, werde ich einmal einen ganz dunklen, sadistischen Psychothriller schreiben. Wenn ich den Liebeskram meiner Tagebücher mit dir/uns abgeschlossen habe! Dann kommt die harte Nummer. Vielleicht die unentdeckten Bestseller! Mein Psychothriller und dein „Das Leben des Victor G Punkt Reiter?" Schwachsinn? Deine Tat? Sich aus dem Leben manövrieren zu wollen? Nein! Genügend Beispiele von Menschen kenne ich, die es ebenfalls versucht haben! Traurig ist das! Auch ich stand oftmals am Scheideweg meines

Lebens. Natürlich der Liebe wegen. Wer hat nicht einmal darüber nachgedacht, sich aus Liebeskummer etwas anzutun, weil es so verdammt wehtat? Ich stand einst auf einer Brücke! Wollte springen! Traute mich aber nicht. Darüber schrieb ich Jahre später! Ich schrieb über viele Dinge in meinem Leben. Davon weißt du nichts, Victor. Auch ich habe eine dunkle Vergangenheit in mir. Man kann an gebrochenem Herzen sterben. Ja, das kann man! Sexkummer? „Hast du schon mal was von Sexkummer gehört, Victor? Daran ist noch niemand gestorben, oder?" Da sucht Mann/Frau sich fix einen anderen Partner, wenn es mit dem einen nicht klappt und wenn es auf das gegenseitige sich betrügen durch Fremdgehen hinausläuft, ist das völlig egal. Hauptsache, wir kommen auf unsere sexuellen Kosten. Sich einen anderen menschlichen Körper suchen, der uns gefällt, ist einfach. Klar können wir mit ihm auch das Gefühl der Lust erleben. Das Glücksgefühl. Wenn die Liebe jedoch dauerhaft fehlt, ist es auch das nicht in unserem Leben, was uns glücklich macht. Manchmal verfluche ich die Liebe. Sie verwirrt mich. Liebe macht blind. Dumm macht sie ebenfalls. Viele Männer verfallen einer Frau gnadenlos und stürzen sich finanziell für sie ins völlige Unglück. Ich hörte Geschichten, in denen Männer Haus und Hof

verkauft haben, nur um einer Frau, ihrer Angebeteten, ein kleines Häuschen in Spanien mit Swimmingpool bieten zu können. Der Großzügigkeit halber, aus reiner, tiefer Liebe. In völliger Hingabe verblödeten sie, die Idioten! Nach 3 Runden Schwimmen waren die Frauen schließlich mit dem feurigen Nachbarn zum Segelturn unterwegs. Sie winkten vom Boot aus herüber zu ihren geprellten Ehemännern.
Dumm, wenn Menschen das passiert. Überall, tagtäglich passieren derartige Dinge. Der Liebe wegen. Was ich nicht schon alles der Liebe wegen angestellt habe, haha, auch ein tolles Buch! Wenn es weh tut, war es Liebe! Deshalb kann ich meine Freunde verstehen, wenn sie denken, dass du ein Heiratsschwindler bist, Victor. Die Begabung, die du hast, mich glücklich zu machen, ist etwas Besonderes. Nichts Alltägliches und nicht von dieser Welt. Für mich ist es das nicht. Ich habe das in der Art nie zuvor erlebt. „Ich fresse dir aus der Hand, obwohl sie leer ist, deine Hand! Dennoch liebe ich dich! Heiratsschwindler hin oder her. Keine Ahnung was oder wer du wirklich bist, Victor. Manchmal weiß ich nicht einmal mehr, wer ich eigentlich bin, seit ich dich kenne!" Nachdem du mich gevögelt hast, schon gar nicht mehr. Eines wusste ich aber immer ganz genau! Ich will dich! Ich will dich erleben und

mit dir Dinge tun, die eigentlich weniger mit Liebe, als mit meinem sexuellen Verlangen zu tun haben. Meine Phantasien will ich mit dir zusammen ausleben. Mich von dir erobern und verführen lassen, das meine ich. Die Liebe, die können wir meinetwegen erst mal hinten anstellen. Irgendwann muss ich von diesem Planeten einen Abgang machen und dann möchte ich sagen können: „Ja! ich habe alles mitgenommen, was ich erleben wollte in diesem Leben! Jeden Kick, jeden Adrenalin-Stoß, alles habe ich gnadenlos ausgeschöpft!" Wenn ich mit dir einen Orgasmus erlebe, Victor, dann ist das ein Gefühl, als wechsele ich zwischen den Welten. Zwischen Himmel und Erde. Manchmal brennt es heiß wie in der Hölle zwischen uns und dann ist es wiederum kalt wie am Nordpol. Die Gefühle verbinden sich zu einem Taumel meiner Seele. Es ist, als würde sich mein Körper entzweien. Das ist die absolute Hingabe. Ein Gefühl wie Bungeejumping und Fallschirmspringen gleichzeitig, nur noch viel besser und intensiver! Wenn mir Menschen erzählen, sie hätten noch nie einen richtigen Orgasmus erlebt, in dem sie wirklich tief versunken waren, dann belächele ich sie nicht, nein. Auf diesen Mega Kick habe ich selber etliche Jahre gewartet. Für das Erlebnis musstest du erst in mein Leben kommen,

Victor. Dafür bin ich dir unendlich dankbar. Du darfst gerne hier bleiben. Bei mir. In meiner Welt. Victor, der ohne Auto und jeglichen Luxus sein Leben bewältigt. Von der Gesellschaft ausgeklammert und belächelt. Ein Mensch, der eigentlich verloren ist. Ich war nie ein demütiger Mensch in meinem Leben. Die Demut hast du mir beigebracht, Victor. Du lehrtest sie mich. Demut vor dem Leben, vor dir und auch vor mir selbst zu spüren, das ist ein schönes Gefühl. Es machte frei. Man fühlt sich unschuldig. Unbeschmutzt. Rein! Obwohl wir beide zurückgehen sollten an die Stelle, wo es dreckig ist. Das können wir am Besten. Ich mag Dreck. Guter Sex muss dreckig sein. Ich kann Liebe zurückstellen für das Sexgefühl mit dir, nur um den Dreck zu erleben. Trotzdem liebe ich dich! „Mein schönstes Sexerlebnis mit dir"... Wir liegen im Bett. In deinem Bett. Wie viel Uhr es ist, keine Ahnung. Bestimmt nicht später als halb 5 morgens. Das ist deine Zeit. Im Zimmer ist es noch dunkel. Ich spüre, wie du mich ansiehst. Als ich meine Augen öffne, sagst du mir leise ein „Guten Morgen" und gibst mir einen Kuss. Es ist der Morgen an dem Tag danach, an dem ich zu dir gefahren bin. Der Streit ist vergessen. Ich habe dir verziehen. Du hast es mir gut besorgt, bereits am Abend zuvor, mich glücklich gemacht und mich befreit aus meinem Gedankenstau und meinem Ärger über dich! Mit deinen Händen hast du es getan, mit deinem Mund, deinen Lippen, deinen Worten, deinen Blicken und mit deinem Schwanz, hast du den Streit zwischen uns grandios begraben. Alles was ich dringend gebraucht habe, habe ich von dir bekommen. Du hast mir am Abend zuvor ein Stück meines Himmels wiedergegeben. Dennoch hoffe ich, dass du mich an dem Morgen noch einmal quer durch die Hölle und zurück reiten wirst, Victor. Eigentlich sind wir „quitt" und könnten das Spiel von vorne beginnen! Aber, du hast es getan, du hast mich querfeldein durch die Hölle gevögelt. Fasziniert von dir und deiner Art, mich zu ficken, richte mich etwas auf. Wende dir mein Gesicht zu. Stütze es mit meiner Hand, meine linke Brust wird freigelegt von der Bettdecke, die sanft an ihr herabgleitet. Ich rücke näher zu dir und blicke dich an. „Küss mich!", sagst du leise, aber bestimmend. Es gleicht einem Flüstern. Unsere Zungen tanzen miteinander. Deine Hand legst du zwischen meine Schenkel und drückst sie sanft auseinander. Die andere Hand greift an meine freiliegende Brust. Ein leichtes Kribbeln steigt in mir auf. Dein Griff ist fest und richtungsweisend. Deine Küsse schmecken süß und lieblich. Aber auch rau und herzlich.

Ich finde es sensationell, dass du alles an und in mir gleichzeitig bedienen kannst. Du küsst mich hingebungsvoll und knetest meine Brust, während du mit deiner anderen Hand meine Pussy an ihrem G-Punkt mächtig auf Touren reibst. Sanft beginnend, wirst du deutlicher in deinem Druck. Ein wenig tiefer, Richtung Bettende rutscht du und küsst meinen rechten Busen, der dir immer noch seitlich zugewandt ist. Du nimmst ihn zärtlich in deine Hand und führst ihn dir genussvoll zu deinem Mund. Mit deinen Fingern drückst du die Knospe fest zusammen und hältst den Schmerz eine Zeit lang in mir gefangen. Das Gefühl liebe ich. Danach bin ich süchtig. Du weißt genau, wie viel Schmerz ich ertragen kann und wie viel ich an Intensivität von ihm brauche. Ich mag das, wenn es schmerzt in meinem Nippel, weil ich in genau dem Moment feucht werde. Ein wundervolles Spiel! In meine Brustwarze verbeißt du dich und saugst dich an ihr fest. Du weißt, dass ich kurz vor dem Orgasmus stehe. Deine kreisende Handbewegung an meinem Lusthügel wird schneller. „Oh ich komme gleich!" stöhne ich leise. „Ja! Lass es raus! Gib dich mir hin, Carina!" Deine Stimme ist fest und beherrschend. Abgeklärt bist du. Ein „Profificker". Gedanklich nenne ich dich einen Drecksack. Einen Mistkerl.

Weil du das mit mir schamlos machen kannst. Mit meinem Körper machen zu können, was du willst und er gehorcht dir bedingungslos, das löst ein Gefühl in mir aus, das einer höheren Macht unterliegt. Du hast die Kontrolle über unser Spiel und das ist gut! Ich weiß, dass du den Augenblick spürst Victor, bevor ich komme. Durchzieht ein Schauer jede einzelne Faser meines Körpers und reagiere ich mit feinsten Zuckungen, dann schickst du mich gleich in den Himmel oder auf den Grund der Hölle. Je nachdem, wonach dir ist. Heftig oder zart, hart, du kannst es bestimmen und meinen Körper dirigieren! Mein Körper ist dir ausgeliefert. Er gehorcht dir. Es ist wunderbar. „Gib mir mehr von dem Gefühl Victor! Verpass sie mir, die Droge!", stöhne ich lustvoll. Du kennst meinen Körper genau, du merkst wann es soweit ist, wann ich bereit bin und was du zu tun hast. Du hast die Macht über mich, meine Seele und ich überlasse sie dir nur zu gern! Ja, ich bin dir sexuell hörig. Mein Körper mitsamt seiner ungehemmten Lust und Leidenschaft gehört dir. Egal was mein Verstand sagt, mein Körper will dich! Nur dich! „Ich liebe dich, Victor!" Immer wieder küsst du meine Brust, fährst mit deiner Zunge gefühlvoll um ihren Nippel herum. Du benutzt Mund und Zunge wunderbar im Wechsel. Dein Mund hat sich dem Rhythmus

deiner Hand an meiner Pussy längst angepasst. Der Übergang, meinen Körper mit deinen Berührungen zu vereinen, gelingt dir meisterhaft, Victor. Es ist der pure Wahnsinn, was deine Hand an meinem Lustpunkt verüben kann und welche Gefühle sie in mir auslöst. Immer leichter fühle ich mich, gebe mich den Bewegungen meines zuckenden Körpers hin. Natürlich triefe ich vor Feuchtigkeit, es läuft aus mir heraus, weil du mich unendlich glücklich machst. „Ich mag dass, wenn du feucht bist", sagst du und stöhnst leise. Ganz feucht wirst du, Carina!" „Ja, Victor, ich zerlaufe unter deinen Händen!" Während du mich fingerst, spüre ich das aufsteigende Beben und die Erregung in mir. Das Glücksgefühl nähert sich. Gleich geht's los! Endlich! Meine Gehirnsynapsen arbeiten auf Hochtouren.
„Vögel meine Seele bis auf den Grund der Hölle, dort, wo alles zittert und bebt, Victor!" Ich steige ein in die Achterbahn der Gefühle. Freiwillig! Einmal Höllenritt und zurück bitte! Gerne tue ich das. Innerlich bin ich bereit für den Kick. Die Reise mit dir, die ich so gern unternehme. Es ist besser als Achterbahnfahren. Es ist Gefühl pur und reiner Sex! Deine Küsse wandern von meiner Brust hinauf zu meinem Mund und dann wiederum langsam von meinem Mund die Halsseite

hinunter, entlang zu meinen Brüsten, die du seitlich küsst. Zwischendurch schnappst du dir gekonnt meinen Nippel und leckst ihn mit deiner Zunge. Meinen Körper drückst du aus der Seitenlage auf den Rücken, meine Brüste liegen dir völlig frei und du nimmst die Bettdecke zur Seite. Du tust das mit einer Leichtigkeit des Seins in deiner Fingerfertigkeit, die ich „den Wahnsinn", nenne, weil sie so deutlich und bestimmend ist. Ich bin von deiner Art, in der du mich begehrst und wie du mit mir verfährst, fasziniert. Jeder Handschlag von dir, jede Berührung, all dein Handeln, es ist nahezu perfekt. Du bist niemals nervös. Du zitterst nicht. Deine Selbstsicherheit, mit der du mich als dein Sexobjekt betrachtest, behandelst und dir nimmst, was du willst, imponiert mir ungemein. Du bist die männliche Hure für mich. Professionell, unschlagbar, einzigartig, grandios und niemals zuvor erreicht. Wie du mit meinem Körper verfährst, der Sex mit dir, all das ist wie aus einem Lehrbuch. Selbst ein Hauptdarsteller in einem Pornofilm hätte von dir lernen können. Was ist das mit dir, Victor? Mit uns? Entblößt liege ich neben dir, ergeben, willenlos und warte darauf, was du mit mir machen wirst. Hungernd bin ich nach dem, was kommen mag. In freudiger Erwartung fiebere ich dem weiteren „Seelenfick" von dir entgegen. Du bist niemals langweilig, immer wieder erfindest du neue kleine Spielchen und bringst Spannung ins Bett. Du kaufst Spielzeug aus dem 1 Euro Laden und improvisierst damit, wie ein magischer „Sexkünstler". Du hast die wundervolle Begabung, mir die unterschiedlichsten Orgasmen zu schenken. Manchmal liege ich in deinen Armen und heule. Völlig ergriffen bin ich. Dann wiederum lache ich. Wir umarmen uns. Lachen, heulen, lachen, was wir für Sachen machen! Manchmal lachst du mit. Herrlich ist das! Wir wissen vielleicht gar nicht, warum wir lachen, aber wir lachen herzhaft. Manchmal bin ich in meiner Gefühlswelt nach meinem Orgasmus von dir so angeschlagen, dass es mir scheint, als sei ich einige Minuten lang völlig abgetreten von der irdischen Welt. In der anderen Welt, in der ich mich dank dir zeitweise befinde, Victor, und die ich für ein paar Minuten meines Lebens bereisen darf, ist es auch echt cool! Wunderbar ist es dort! Allerdings habe ich manchmal Angst, dass ich sterben könnte, weil mein Gehirn das Glücksgefühl unserer Sexualität nicht mehr verkraften kann. „Kann man von sexuellem Glück sterben?", frage ich dich. Du blickst meinen Körper an. Lustvoll ist er dein Blick und ich merke, du hast deinen Schlachtplan für mich längst ausgetüftelt an

diesem Morgen. Dein Gesichtsausdruck verrät es mir. „Ich möchte dir die Augen verbinden und dich führen! Wirst du mir folgen?" Ich nicke. Natürlich Victor, ich folge dir, wohin du willst. Nichts tue ich lieber, als dir zu gehorchen! Obwohl ich nicht das Gefühl habe, dass du das von mir erwartest. Ich ergebe mich dir freiwillig und lasse von meiner Kontrolle ab. „Wenn du magst, lass uns nach draußen gehen. Hinaus in die Welt!"
Gleich bei dir nebenan ist der Friedhof. Alles dort ist einsam und verlassen. Du wohnst in Waldrandlage. „Wir könnten nackt aus dem Haus gehen und es auf dem Friedhof miteinander treiben. Zwischen den Gräbern. Dort, wo die Liebe unsterblich ist!", sage ich und ich meine das an dem Morgen in der Tat verdammt ernst. Das Gefühl, mich von einem Meister wie dir an einem düsteren, verbotenen Ort vögeln zu lassen, erregt mich bis auf das äußerste des Möglichen. Die Liebe zu dir ist unendlich und stärker als der Tod. Gern sterbe ich in deinen Armen an dem Ort der Toten. Mit dir gehe ich überall hin. Dir folge ich bis ans Ende der Welt, wenn du es nur willst und mich an die Hand nimmst! Von dir lasse ich mich an jedem Ort vögeln, von dem du jemals geträumt hast. „Erzähl mir von den verbotenen Orten deiner Träume, Victor!"

Jeder darf es sehen. Jeder kann zusehen und staunen, wenn du meinen Körper zum Schmelzen bringst und meiner Seele die unendliche Freiheit schenkst. „Komm, nimm meine Hand, Victor! Alles was du tun musst, ist nur meine Hand zu greifen." Führe mich in deiner ganzen Lust und wir vögeln uns hinaus in die Welt des Lebens. Lass uns frei sein. Lass uns hemmungslos an jedem Ort der Welt das erleben- und ausleben, was tief in unseren Seelen brennt.

Lust, Liebe und Leidenschaft. Mein Herz lächelt und meine Seele ist bereit, mich von dir führen zu lassen. Mit verbundenen Augen dirigierst du mich von deinem Schlafzimmer zum Flur. Du drehst mich ein paar Mal im Kreis, bis ich schließlich die Orientierung verloren habe. Ich bin mir nicht sicher, ob ich mit dem Kopf zum Flurfenster stehe oder entgegengesetzt. Das Flurfenster gibt die Aussicht auf deine umliegende, komplette Nachbarschaft frei. Du wohnst im obersten Stock des Mehrfamilienhauses. Dein Fenster hat keine Gardinen. Es ist recht groß. Man kann ungehindert hindurchsehen. Auch von außen in deine Wohnung hinein. Du schaltest das Licht ein. Meine Hände nimmst du und legst sie in Handschellen. Es sind Metallschellen. Sie sind kalt. Ich zucke leicht zusammen, als sie klicken.

Ein kleiner Schauer zieht durch meinen Körper und lässt mich für einen Moment frösteln. Du atmest schwer. Du bist erregt, Victor. Wenn du mich in Fesseln legst, wirst du geil, das weiß ich. „Bück dich!" Du nimmst meinen Kopf und steckst mir deinen Schwanz in den Mund. „Los, lutsch ihn! Ja, du machst das gut! Ja, mach weiter!" Während ich deinen Schwanz genussvoll lutschend bearbeite und an Lakritz denke, fädeltest du ein Seil durch die Handschellen hindurch. Meinen Kopf drückst du beiseite. „Steh auf Carina! Los!" Nimm die Hände nach Oben! Über Kopf! Los, mach schon!", sprichst du im harten Ton zu mir. Das Seil ziehst du durch die Öse eines Hakens in der Decke. Mir ist der Haken aufgefallen am Abend zuvor. Er ist neu. Du musst ihn in vergangener Zeit dort angebracht haben. Obwohl wir Streit hatten, hast du Vorbereitungen bei dir zuhause für ein SM Erlebnis mit mir getroffen. Interessant. Das ist typisch für dich. Während ich vor Liebeskummer sterbe, bastelst du in aller Seelenruhe für ein neues erotisches Abenteuer mit mir in deiner Wohnung herum. Vielleicht können Männer keinen Liebeskummer verspüren? Du rückst irgendetwas Schweres zurecht. Es hört sich an, wie das Schleifen eines Tisches oder eines Hockers.

Du greifst meine Beine und hebst mich ein wenig vom Boden an. „Stell dich hier rauf!" Das Seil durch meine Handschellen ziehst du enger. Mein Körper zittert. Angespannt bin ich. „Ist dir kalt?", fragst du. „Victor, wir haben Winter, also „Warm" geht anders! Aber danke der Nachfrage. Du bist so gut zu mir!", lache ich. „Gleich wird's dir heiß, keine Sorge!", sagst du, ohne eine weitere Antwort von mir abzuwarten. „Spreiz die Beine! Komm, los!" Mit einem Gegenstand, der warm und rau in seiner Oberfläche ist, streichst du die Innenseiten meiner Schenkel entlang. Erahnen kann ich, was es ist. Es erinnert mich an einen länglichen, angerauten Metallstab und ich dachte für einen Moment an eine Hufraspel für Pferde. (Hast du die Hufraspel von mir daheim etwa mitgehen lassen, als du das letzte Mal bei mir zu Hause warst?) Du bist ja immer auf der Suche nach günstigem SM Spielzeug. Das Gefühl elektrisiert mich jedenfalls. Für einen kleinen Moment steigt Angst in mir auf. Angst gehört zu SM dazu. Sie gibt den Kick. Das Vertrauen in den Partner überwiegt jedoch, das muss es und ich vertraue dir, Victor. Ob du mir dieses „Ding" wohl gleich in meine Scheide steckst? Ich zweifele nicht an dir und deinem Vorgehen. Wir sind uns einig, nichts zu tun oder auszuprobieren, was der andere nicht möchte.

Das war lange vorher zwischen uns abgesprochen. „Ich vertraue dir, Victor. Ja! Allerdings bin ich kein Mensch, der vorher alles absprechen will, denn ich möchte die Spannung nicht verlieren. Ich liebe es, wenn du erfinderisch bist und mich überraschst. Wenn du mir eben nichts sagst vorher." Nein, ich will gar nicht wissen, mit was du an meinem Körper experimentierst und welche Gegenstände du dafür benutzt. Natürlich hast du finanziell keine großen Möglichkeiten, diverses Spielzeug zu besorgen, mit dem du mich überraschen kannst. Bei unserem ersten SM Blind Date hast du zuvor im 1 Euro Laden eingekauft. Ich erinnere mich an die Hundeleine und das Halsband. Die Kabelbinder. Ich liebe es, wenn ich „Neues" von dir erfahre, Victor. Ideen hast du genügend. Das macht es interessant mit dir. Du bist kein Langweiler im Sexuellen. Ich mag es, wie du mit mir hantierst. Bringst du Erfahrungen aus der SM Szene mit? Bist du auf dem Gebiet bewandert? Darüber haben wir beide niemals gesprochen. Mir war es bisher versagt, das SM Leben auszukosten, da mir die passenden Partner fehlten. Mit einigen von ihnen SM Erlebnisse auszuleben, das hätte ich mich niemals getraut. Wenn ich denen eine Peitsche in die Hand gegeben hätte, sie hätten mir wahrscheinlich den Arsch versohlt, dass ich nie wieder hätte sitzen oder ein Pferd besteigen können. Zurück zum Sex. Du steckst deinen Kopf zwischen meine Beine und leckst genussvoll meine Klitoris, während ich mit verbunden Augen und den Händen kopfüber auf einem Hocker vor dir stehe. Mit dem Kopf zum Fenster gerichtet. Das wird mir klar, nachdem du leise stöhnend sagst: „Jeder kann sehen, was ich mit dir mache Carina!" Zumindest jeder, der seinen Hund ausführt, die Zeitung austrägt oder sich auf den Weg zur Arbeit macht!" Deine Zunge zieht ihre Bahnen durch meine feuchte Scheide. Genussvoll tut sie das. Mit einer Hingabe, unbeschreiblich. Ok, ich stehe mit dem Gesicht also zum Fenster. Da das Licht brennt, sieht wahrscheinlich tatsächlich jemand hinauf zu deiner Wohnung. Draußen ist es noch dunkel. Der Gedanke, dass uns jemand von der Straße aus sieht, erregt mich unheimlich. Ja, Herr Müller von nebenan ist an dem Morgen wahrhaftig unterwegs und führt seinen Hund aus. Er blickt zum Fenster. Das tut er automatisch, weil in deinem Flur Licht brennt, und er, Herr Müller, zwei Gestalten hinter deinem Fenster wahrnimmt, Victor. Herr Müller sieht hinauf in deine Wohnung, in der das Licht brennt und erblickt mich! Ich bin nackt und hänge mit den Händen nach oben, über Kopf unter deiner Zimmerdecke in Handschellen.

Was mag Herr Müller sich wohl denken bei dem Schauspiel, das sich ihm offenbart? Du wendest dich von mir ab, Victor. Du stehst hinter mir. Ich spüre deinen warmen Atem dicht neben meinem Ohr. Dein kratziges, 5 Tage unrasiertes Gesicht berührt meine Wange. In dem Moment richten sich meine Brustwarzen auf. Das tun sie generell, wenn ich die Bartstoppeln auf meiner Haut spüre. Du merkst es sofort und greifst mir beherzt mit beiden Händen an meine Brüste. „Ja", sieh her Müllerlein, schau genau hin! Was ich mit Carina mache! Die Veranstaltung ist kostenlos heute Morgen!" Du küsst meinen Hals. Es erregt mich wahnsinnig und ich winde meinen Körper. Meine Brüste bewege ich zwischen deinen Händen hin und her. Du fasst sie energischer und drückst meine Knospen zusammen. Immer wieder küsst du meinen Hals und beißt mir zärtlich in den Nacken. Du forderst mein tiefstes Verlangen aus meiner Seele heraus. „Du schmeckst gut!", raunst du. Meine Bewegungen werden hektischer. Wir haben einen Takt gefunden. Einen Rhythmus, in dem du meine Brüste hin und her bewegst und meinen Hals mit deinem Mund bearbeitest. Ich mag das, wenn du stöhnst, Victor. Ich werde feucht zwischen meinen Schenkeln. Du befeuchtest immer wieder deine Finger und knetest meine zarten, hartgeworden Knospen meiner Brüste, von denen ich glaube, dass sie gleich zerspringen und ich schreien muss, weil das Gefühl so wunderbar ist und ich es nicht länger zurückhalten kann. Deine Hände greifen an meine Scheide. Fest umschlossen halten sie meinen Venushügel und einer deiner Finger bahnt sich den Weg in das feuchte Innere meiner Grotte. „Herr Müller ist immer noch da!", flüsterst du mir ins Ohr. Dieser Wichser will es ganz genau sehen, was wir beide hier treiben, Carina! Gefällt dir das? Dass er uns zuschaut? Du willst doch immer, dass jeder sieht, was ich mit dir mache..." Herr Müller ist stehengeblieben Carina, er blickt zu uns, zu dir herauf! Er sieht deine Brüste! Du hast wunderschöne Brüste! Carina! Komm, zeig sie ihm. Ja, streck sie ihm entgegen. Zeig ihm das, was ihn geil macht! Zeig ihm das, was er niemals besitzen wird, weil ich es besitze!" Was denkt ein Mensch, der von der Straße aus in dem Zimmer einer Wohnung beobachtet, wie sich zwei Menschen sexuell hingeben? Wird er lächeln? Wird er nach Hause gehen und sich von seinem Partner holen, was er braucht? Ruft er die Polizei? Was wird er tun? Es ist mir egal. Aber es erregt mich unheimlich, dass er mich sieht, Herr Müller und der Zeitungsjunge, die Nachbarsfrau, die zur Arbeit fährt und all die anderen, die in ihren täglichen Pflichten unterwegs sind und ihrer Mission an dem Morgen nachgehen. Welche auch immer das sein mögen. Mein Anblick hat sie alle daran erinnert, wie herrlich es ist, Sex zu haben. Die einzig wahre Mission der Menschen. Für mich das Schönste, wenn jeder sehen kann, wie gut mir das tut, wenn du es mir besorgst, Victor. „Soll er sehen, wie du kommst, Carina? Willst du, dass er das sieht?" Oh ja Victor! Wenn es nicht so kalt wäre an dem Morgen, dann würde ich dich bitten, das Fenster zu öffnen, damit Herr Müller mein Stöhnen hören kann, während du mich in den Himmel schickst. „Ja, ich will dass jeder sieht, was du mit mir machst, Victor! Was du in mir auslöst und was du mit meinem Körper machst, aus ihm herausholst." Meine Scheide ist bereits dank deines Fingers feucht und geweitet. Die Flüssigkeit läuft die Schenkelinnenseiten entlang. Du leckst sie hingebungsvoll mit deiner Zunge auf. Deine Zunge wandert in den Eingang meiner Pussy und zieht dort leidenschaftliche Kreise. Deine Zunge, sie bringt mich auf Touren. Du bereitest mir so unendlich viel Lust, Victor. Deine Hände greifen wieder an meine Brüste, während deine Zunge mich in einen Rhythmus leckt, der mich so geil macht, dass mir heiß und kalt wird. Meine kleinen Brustnippel werden hart, sie richten sich spürbar höher auf. Dir entgegen.

Die Brüste werden fest. „Ich will dass du mich nimmst, Victor!" Jetzt! Bitte! Ich halte es nicht mehr aus! Ich bin bereit für dich. Mein Stöhnen signalisiert dir, dass ich dich und deinen Schwanz in mir spüren will. „Komm, schieb mir deinen Schwanz in meine Möse. Stell dich zu mir auf den Hocker oder binde mich los, wirf mich aufs Bett und besorg es mir. Sei hart zu mir. Reite mich an dem Morgen, als wäre es das letzte Mal in deinem Leben." Was geht in dir vor, Victor? Erregt es dich ebenfalls, wie verrückt du mich machen kannst? Magst du das, wenn uns jemand zusieht, wie du es mir besorgst? Schaust du zwischendurch aus dem Fenster, ob unser Schauspiel noch beobachtet wird? Gefällt dir das? Gefällt es dir, dass es mir gefällt, dass jeder sehen kann, wie sehr ich dich begehre? Und dass es mich umso geiler macht, wenn ich weiß, dass uns jemand zusieht? Die Scheidenflüssigkeit, die an den Innenseiten meiner Schenkel entlangläuft, nimmst du mit deinem Finger auf und schiebst ihn mir in den Mund. „Du schmeckst gut, nicht wahr? Carina? Du schmeckst nach Salz und Meer, wie eine frische Sommerbrise schmeckst du. Ich mag das!" Du hast das Seil meiner Handschellen von der Deckenwand hinuntergelassen und mich aufgefordert, von dem Tisch zu steigen. „Vertrau mir!", sagst du sanft, während ich in deine Arme gleite. Als ich festen Boden unter den Füssen habe, küsst du mich überall und drückst mich leidenschaftlich ganz eng an dich. „Setz dich!" Kaum sitze ich auf dem Tisch, steckst du mir deinen Schwanz in den Mund. „Komm schon", leck den Schwanz Carina! Ja, so ist es gut." Du nimmst meinen Kopf und presst mein Gesicht fest an deinen Schambereich. Kurz darauf nimmst du ihn wieder mit beiden Händen sanft aber bestimmend zurück und drückst ihn nach hinten, dein Schwanz gleitet aus meinem Mund. Das Spiel wiederholst du zu gern. Rein, raus, rein, raus, raus, rein! „Mach den Mund auf, komm!" Sahne! Mein Mund ist voller Sahne. Sprühsahne hast du mir hineingeschoben. Lecker! Ich liebe Sahne! Sofort geht es weiter mit deinen Anordnungen, du lässt mir keine Zeit zum Verschnaufen. „Stell dich auf! Los komm schon!" Kaum stehe ich, schiebst du mir einen Vibrator in meine Scheide. Du küsst meine Brüste. Erst sanft, dann recht fest. Du beißt in die Brustwarzen. Mit einer Hand hältst du dich an meinem Hals fest. Dein Mund bearbeitet meine Brüste, der Vibrator meine Scheide. Das Gefühl der Lust scheint mir den Schädel zerplatzen zu lassen. Du bist mit dem Vibrator und deinem Mund im Einklang. Mein Gott, wie geschickt du bist, Victor. Mir wird schummerig. Mein Körper fühlt sich leicht, beseelt und tiefglücklich an. Ich bin frei. Völlig frei und losgelassen. Du merkst es, wenn der „Rush" über mich kommt, wie ich ihn nenne. Du hast ein solch feines Gespür für den Ablauf meines Körpers, das ist der Wahnsinn. In dem Moment, in dem ich mir wünsche, dass du noch fester in meine Brustwarzen beißt, tust du es unaufgefordert und wie selbstverständlich. Ich kann dir vertrauen und mich dir in meinem Lustgefühl schamlos hingeben und du, du kannst Gedanken lesen. Woher weißt du das, Victor? Woher weißt du so genau, wie fest und wie hart du zubeißen kannst? Woher weißt du, wie kräftig ich es ertragen kann, das Schmerzgefühl? Woher? Sag es mir! Du machst mich verrückt, Victor und ich bin süchtig nach dir! Bitte mach weiter! Hör nicht auf. Ich möchte das stundenlang mit dir genießen und nie wieder zurückkehren. Halte mich für immer gefangen in dem Reich der Orgasmen. „Er kommt gleich! Ich komme gleich! Ja, mach weiter, fester!" „Bitte, hör nicht auf. Ich schreie vielleicht gleich, ich lache, ich stöhne, such´s dir aus, Victor! Ich sterbe jedenfalls vor Glück." „Ja", es muss ein wenig wehtun, komm, stell dich nicht so an! Du magst das doch!"Als du den richtigen Rhythmus gefunden hast, die Führung des Vibrators, meine Brustnippel leckend, steigt der kommende Orgasmus unaufhaltsam in mir auf. Immer leichter fühle ich mich, lasse mich schließlich fallen und innerlich los. Ich gebe mich nur noch dem wunderbaren Gefühl meiner Lust hin. Mein Körper zuckt von allein. Er gehört in dem Moment dir, Victor! Und ich überlasse ihn dir nur zu gern, das weißt du. Genau in dem Moment, in dem ich komme, ziehst du den Vibrator zurück, greifst blitzschnell meine Beine. Trägst mich zum Schlafzimmer, wirfst mich etwas unsanft aufs Bett und nimmst mich, in dem du mir dein bestes Stück in meine Möse schiebst. An dem Tag hast du ihn mir regelrecht „rein-gerammt", manchmal kann es dir nicht schnell genug gehen. Aber das ist ok! Ich mag es hart. Von dir, Victor. Deine Bewegungen sind an diesem frühen Morgen höchst heftig, beinahe schon brutal, du bist erregt, wie lange nicht mehr. Welch eine Befreiung, Victor. Für mich, dich, für uns. Das Gefühl, das du mir schenkst, das kann ich nicht in Worte fassen. Gib mir ein paar Minuten Zeit, bis ich wieder zu mir gekommen bin. Bitte, sonst sterbe ich. Du rolltest dich von mir runter, legst mir die Decke über und küsst meine Brüste. Du sagst nichts. Deine Hand streicht eine Haarsträhne hinter mein Ohr. Du gibst mir einen Kuss auf die Stirn. Da bedarf es keiner Worte mehr. Es ist Liebe und Sex pur an dem Tag mit dir.

Von hier bis zur Unendlichkeit, ich erlebe es mit dir! Danke Victor! „Es ist gut, dass du zu mir gekommen bist, Carina!", flüsterst du.

Beim Frühstück „danach" ist wieder der verrückte Alltag in unsere Beziehung eingekehrt. Wir lachen. Die Milch im Cappuccino ist sauer. Zucker gibt es bei dir keinen. Die Löffel wurden ewig nicht gespült, die Marmelade gibt es nur in der Sorte, die ich nicht mag! Deinen Tisch in der Küche müssen wir entrümpeln, damit wir Platz für unsere Teller haben. Das gelingt uns an dem Morgen nicht. Deine Post, die Schreibblöcke, Bücher und sonstiger Krempel, können nicht zur Seite gelegt werden. Der Berg deines Schreibkrams ist nicht zu überblicken. Niemand von uns weiß, wohin mit deinem Zeugs. Wir weichen ins Wohnzimmer aus. Auch dort herrscht das Chaos. Also, keine Chance! „Ja ich war auf dich und deinen Besuch nicht eingestellt", entschuldigst du dich bei mir. „Ja", aber auf Handschellen und Deckenhaken warst du vorbereitet, was?" lache ich. An diesem Morgen verzeihe ich dir „Alles". Ich bin glücklich. Mit dir! Scheiß doch auf die saure Milch! Als ich deinen Kühlschrank öffne, kommt mir aus diesem alles entgegen, was der Inhalt hergibt und ich denke, Mensch, hier muss unbedingt mal aufgeräumt werden. Trotzdem verzeihe ich dir dein Chaos, Victor. Nein, es widert mich nichts an. Ich befinde mich im totalen Wohnungs-Chaos und im persönlichen Lebens-Umstände-Chaos von dir, Victor, aber gleichzeitig bin ich an dem Morgen der glücklichste Mensch auf der Welt! „Komm", wir fahren zum Bäcker und frühstücken! Ich lade dich ein, Victor!", sage ich und schiebe die Tür vom Kühlschrank wieder zu. „Ja", super Idee, Carina!" Du bist sichtlich erleichtert über meinen Vorschlag. Lachend nimmst du die Schlüssel, deine Jacke und öffnest mir die Wohnungstür. Zur Feier des Tages darf ich die Wohnung vor dir verlassen. Das geschieht selten, dass du daran denkst, dass es heißt „Lady First!" Und du mir den Vortritt gibst. Du hältst mir sogar die Tür auf. Du klatscht mir zwar keinen auf mein Hinterteil, aber welch ein Festtag! Wir sind beide sehr glücklich an dem wundervollen Morgen, als wir deine Wohnung verlassen, um zusammen beim Bäcker im Cafe zu frühstücken. Wenig später sitzen wir beide wie so oft, wenn ich die Nächte bei dir verbracht habe, ziemlich vervögelt aussehend, bei deinem Bäcker um die Ecke und nehmen ein wunderbares Frühstück zu uns. Die Karten, auf denen ich ankreuzen kann, was ich alles bestellen möchte, liebe ich. Die gibt es nur dort, bei deinem Bäcker ums Eck. Meist reicht die Größe des Tisches nicht aus, für all das, was wir uns bestellen. Sex macht eben hungrig. Die Bedienung hat ihre liebe Mühe und Not, alles für uns aufzutischen. Weißt du Victor, ich möchte nicht wissen, was die Frau hinter der Theke denkt, wenn wir beide dort morgens auftauchen. Ich meine, man sieht uns an, dass wir glücklich sind. Kann man uns auch ansehen, dass wir beide uns sexuell soeben wunderbar befriedigt haben? „Kann man Menschen ansehen, dass sie eine sexuell abenteuerliche Reise unternommen und nicht einfach nur langweiligen Sex im Bett hatten? Dass sie sexuell glücklich und perfekt befriedigt sind? Nein! Oder?" „An was denkst du, Carina?" Besonders tief blickst du mir in die Augen. Wenn wir beide guten Sex hatten, dann bist du immer herrlich offen und direkt zu mir, Victor. Auch du bist glücklich. Ja. Dein Glück kannst du mir nicht verheimlichen. Glück kann man nicht verstecken. Wenn man glücklich ist, strahlt das nach außen und jeder kann es sehen. Zumindest wenn er einigermaßen ein Gespür für die wichtigen Dinge im Leben hat. „Ich denke, dass ich sehr glücklich bin mit dir, Victor!", sage ich lächelnd. Du nimmst in dem Moment meine Hand und hältst sie, als möchtest du sie nie wieder loslassen. Auch dir ist ein kleines

Lächeln aus den Winkeln deines Mundes entflohen. Sehr charmant! Wie schön das Leben sein kann. Mit dir! Lass die Schmetterlinge in meinem Bauch und im Herzen bitte nie vergehen, lieber Gott! Für den Rest meines Lebens sollen sie in mir tanzen. Als hätte ich es geahnt, bereits ein paar Tage später, gibt es zwischen uns wieder Unstimmigkeiten. Meistens passiert uns das im Chat über Facebook oder WhatsApp. Mir ist aufgefallen Victor, dass du abends oft schlechte Laune hast. Ich verstehe nicht, woran es liegt. War dein Tag zu anstrengend? Hat dich jemand geärgert, hast du dich über jemanden geärgert? Du bist manchmal wie ausgewechselt. Ein anderer Mensch und mir plötzlich fremd. Es macht mir Angst, dein Verhalten. Wenn ich dich gezielt nach deinem Kummer und deinen Sorgen befrage, bekomme ich jedes Mal dieselbe Antwort, dass es um das liebe Geld geht! Es ist immer das Geld, das dir fehlt. Du sagst mir, dass du zu viel Druck hast, weil du pleite wärst. Dass du nicht frei sein kannst. Du nennst es deine „Bedrohung". Deine Rechnungen nicht zahlen zu können, nicht zu wissen, wie du den nächsten Monat überleben sollst, das nagt an deiner Seele. Deine Seele ist hart und vernarbt, Victor. Das spüre ich.

Ich bekam es plötzlich mit Härten zu tun, von denen ich niemals gedacht hätte, dass auch sie in dir wohnten. Ich glaubte wirklich, du wärst der liebe, brave Victor, der niemals böse zu mir sein könnte. Scheiße, habe ich aber falsch gelegen. Mein lieber Herr Gesangsverein oder ach du grüne Neune, wie meine Oma immer sagte. Da wohnt ein Dämon tief in dir, aber von der übelsten Sorte. Manchmal wäre es besser gewesen, mich gleich auszuloggen aus dem Internet, wenn ich merkte, es ging los mit dir. Dann war es nämlich zu spät. Ein falsches Wort von mir und du gingst ab, wie eine äußerst scharf geladene „Beretta".

Du kannst mich mit Worten messerscharf verletzen, Victor. Oftmals so extrem, dass mir wirklich „anders" wird. Keine Ahnung, wo du das herholen kannst, Victor! Das Dunkle in dir. Das Böse. Die dunkle Seite! Da steckt wahrlich eine Menge Wut und Hass in deiner Seele. Im Grunde genommen weiß ich, dass du es nicht so meinst, mich nicht absichtlich verletzen willst. In dem Moment deiner verletzenden Worte trifft es mich jedoch sehr hart. Brutal sogar. Öfter bringst du mich neuerdings zum Weinen. Das sollte dir nicht passieren, Victor! Das Schlimmste für mich ist, dass es dir eigentlich egal ist, ob ich „deinetwegen" weine oder aus welchem Grund auch immer. Da machst du keine Unterschiede. Da kannst du in deiner Gefühlskälte wirklich sehr grausam sein. Auch kommt den nächsten Morgen kein „Es tut mir leid" von dir. Nein! Du brichst einfach den Kontakt zu mir ab. Du gehst nicht mehr online, bist nicht bei WhatsApp zu erreichen. Du wartest einfach, bis ich mich irgendwann melde und dir wieder nachlaufe. Warum das so ist, das frage ich dich oft genug. Du kennst selbst kaum eine Antwort für dein Verhalten. Höchstens, dass du nicht innerhalb kürzester Zeit ein komplett neuer Mensch werden kannst! Gut, das verstehe ich und das erwarte ich auch gar nicht. Ich will dich so, wie du bist, Victor. Du sollst dich nicht verändern, nicht meinetwegen. Aber ich erwarte schon, dass du dich mir gegenüber normal verhältst, wie sich ein Partner in einer Beziehung eben zu verhalten hat. Hier wieder die schöne Frage, was ist eigentlich normal in einer Beziehung und was nicht? Ich finde, normal ist, wenn man Streit hat, dass man sich auch wieder verträgt. Miteinander redet und sich in den Arm nimmt. Das ist sehr wichtig. Mensch Victor, ich liebe dich! Du bist tief in meinem Herzen, wenn du Probleme hast, du musst mir nur etwas sagen! Ich helfe dir, wenn ich es kann! Für dich würde ich alles tun! Alles was in meiner Macht steht, um dich glücklich zu machen! Immerzu hast du die Bedrohungen im Kopf, wie du aus deiner misslichen Lage gelangst. Lebst in ständiger Angst und Ungewissheit. Woher bekommst du Geld? Arbeit? Wie geht es weiter mit dir? Wie geht es mit uns weiter? Besteht überhaupt die Möglichkeit auf dauerhaftes, gemeinsames „Uns"? Du kannst schlecht in den Arm nehmen, weil du selber nie in den Arm genommen wurdest. Zumindest nicht, wenn es wirklich nötig gewesen wäre, das habe ich im Laufe der Zeit begriffen. Wie soll ein Mensch Geborgenheit geben, wenn er gar nicht weiß, wie sich diese anfühlt? Mir ist dasselbe passiert im Leben. Dennoch glaube ich daran, dass wir beide uns das Gefühl, füreinander da zu sein, geben können. Wir müssen es versuchen. Ich kann dir deine Probleme aus der Vergangenheit nicht nehmen, Victor! Oder doch?! Will ich das? Ich möchte mir doch keine Liebe erkaufen. Deine Gefühle seien aufrichtig und ehrlich, sagst du mir. Aber du brauchst Hilfe. Finanzielle Hilfe! Böse Zwickmühle! Ich bin da! Für dich, Victor! Bis zur Selbstaufgabe! Das bedeutet für mich Liebe! Ich will dich nicht nur als meine Fickbeziehung sehen, Victor und im Bett mit dir glücklich sein, ich erhoffe mir, dass wir beide eine gemeinsame Zukunft erleben dürfen! Das ist mein Wunsch!

Ein Namensschild an meiner Tür. Ein gemeinsames. Unvorstellbar! Zukunft war bisher ein Wort, das ich mir mit dir nie hätte vorstellen können, weil wir viel zu verschieden sind! Die Welten, die aufeinander prallen, sind zu unterschiedlich. Wie sollen wir einen gemeinsamen Weg gehen können in allen Bereichen des täglichen Alltags, mit den Unterschiedlichkeiten unserer Persönlichkeiten? Du kannst mir zu Hause am Hof nichts reparieren. Du bist handwerklich eine Null. Wenn dort etwas kaputt geht, habe ich mehr Ahnung um die Dinge, die zu erledigen sind, als du. Du bestellst mir auch keinen Handwerker, weil du ihn gar nicht bezahlen könntest. Von welchem Geld auch? Die Arbeiten bei mir rund um den Hof, Haus und Garten, da gibt es immer was zu tun, muss ich alleine bewältigen. Im Sommer bekommst du nicht einmal meinen Rasenmäher in Gang. Erinnerst du dich, wie du vergebens etliche Male an dem Seil gezogen hattest und nichts aber auch gar nichts, regte sich? Du warst danach mit den Nerven so am Ende, dass du eine halbe Stunde schlafen musstest. Du schreibst wunderbare „Satire" und Rezensionen für berühmte Menschen, die Bücher geschrieben haben. Du bist ein guter Schreiber. Mit Worten bist du im Ausdruck exzellent. Für das, was du schreibst, interessiert sich nur nicht wirklich jemand. Noch nicht. Vielleicht kommt das irgendwann. Die Hoffnung habe ich nicht aufgegeben. Du musst nur das richtige Thema aufgreifen. Die Welt will Dinge über Sex, Skandale und dreckige Geschichten hören. Sicherlich keine Interpretation deiner Empfindung über das Leben von Reinhold Messner erfahren. Technisch bist du völlig unbegabt. Zwei linke Hände hast du. Leider. Mit dir kann ich wunderbar spazieren gehen, zusammen im See schwimmen, in den Urlaub fahren, shoppen gehen, aber ich kann meine alltäglichen Katastrophen mit dir nicht beseitigen oder sie gar bewältigen. Chaos gibt es bei mir daheim täglich. Hier geht immer etwas kaputt, da muss man sehr wohl eine Bohrmaschine, einen Hammer, eine Säge oder sonstiges in die Hand nehmen können. Bei dem Gedanken „Bohrmaschine", alleine wird es dir schlecht. Gummistiefel kaufte ich dir, damit du meinen Stall ausmisten konntest. Einmal hast du die Arbeit für mich erledigt und währenddessen 3-mal Pause gemacht. In deiner Pausenzeit erledigte ich 3 weitere Pferdeboxen. „Er ist und bleibt ein armer Irrer!", erzählte ich meiner Freundin nach dem Besuch bei dir, als ich mich mit ihr erneut zum „Reden" über dich verabredete. Sie wollte erfahren, wie der

Besuch bei dir ausgegangen war. Immerhin hielt sie mich für völlig verrückt, dass ich dir nachlief und zu dir gefahren war. „Ich liebe ihn! Ich liebe den Sex, die SM Spiele mit ihm, ich brauche seine Nähe. Aber ich verzweifle an ihm irgendwann, Verena! Der lebt in einer völlig anderen Welt. Ich erreiche ihn nicht wirklich. Ihm sind Dinge wichtig, mit denen ich nichts am Hut habe und andersrum genauso. Wir werden niemals eine richtige Beziehung miteinander führen können. Er hat kein Geld, dazu kein handwerkliches Geschick, er ist eigentlich ein Nichtsnutz!" Ich seufzte. Du hast wirklich keine Vorzüge Victor, mit denen ich bei meiner Freundin punkten konnte. Zumindest fielen mir keine ein. „Aber ficken kann er dich gut!" Verena hatte bereits den zweiten „Ouzo" sitzen und lachte herzhaft. „Solch eine verrückte Story mit euch beiden habe ich in meinem Leben noch nicht gehört, Carina!" „Ich habe für zwei Tage eine SM Wohnung gemietet!", setzte ich einen drauf. Das war die Wahrheit. Verena verschluckte sich an ihrem Getränk und hustete wild. Ich dachte, sie erstickt. „Du hast was?", fragte sie völlig entsetzt. „Ja!" erwiderte ich energisch. Wo lag bitteschön das Problem? „Eine nette SM Wohnung, ein Ferienhaus. Mit Spielzimmer!" Verena bekam sich vor lauter Husten gar nicht mehr ein.

„Das ist nicht dein Ernst Carina, oder? Ich meine, nicht nur, dass du auf SM stehst, wie teuer ist denn so eine Ferienwohnung?" Verena schnappte nach Luft. Bei dem Wort Ferienwohnung machte sie eine merkwürdige Betonung. „Naja, so um die 150 Euro kostet das schon! Mit allem drum und dran!", rechnete ich ihr ehrlicher Weise vor. Verena teilte mir daraufhin in einer ziemlich ernsten Tonlage mit, dass sie gar nicht gewusst hätte, dass Sex einem Menschen das Hirn völlig vernebeln konnte. „Ja und wie findet Victor die Idee?", fragte sie ungläubig. „Der weiß davon noch nichts, das gibt eine Überraschung!" sagte ich. „Ihr habt also Meinungsverschiedenheiten und du mietest mal eben eine Sado Maso Einrichtungswohnung für 150 Tacken, damit Victor dir als Dankeschön deinen Arsch versohlen kann, oder wie soll ich das jetzt verstehen?", fragte Verena ungläubig. Verena sprach mittlerweile ziemlich laut. Die Menschen um uns herum an den Nebentischen verstummten schlagartig in ihren Gesprächen und lauschten dem unseren sehr interessiert. Ein gutaussehender Mann grinste mich an. Ich grinste frech zurück. „Geht's etwas leiser?", zischte ich Verena genervt an. „Der fickt dich mit allem Spielzeug wie Gerten, Peitschen, Knebeln, Fesseln und dann ist bei Euch wieder alles im grünen Bereich? Was ist das für eine Beziehung? Und vor allem Carina, warum stehst du auf Schmerzen?" Verena lehnte sich mit einem Gesichtsausdruck in ihren Stuhl zurück, der mir bei ihr bis dahin völlig fremd war. Ihr Ausdruck hatte etwas von einem leichten Anflug des Wahnsinns. „Warum Schmerzen, Verena? SM hat doch nicht unbedingt etwas mit Schmerzen zu tun!", versuchte ich mich aus der Situation zu retten. Warum denken die Menschen, die keine Ahnung von SM haben, dass es in dem Bereich nur um Schmerzen geht? Ach, es war wirklich schwierig, sich meiner Freundin anzuvertrauen. Überall nur Vorurteile. SM muss doch nicht zwangsläufig mit Schmerzen verbunden werden. Die Einstellung ist völlig veraltet. Ich klärte Verena auf, dass sich eine gute Beziehung dadurch ernährt, dass es auch im SM Bereich, wenn beide ihn mögen, nichts gibt, was beide nicht zulassen wollen. „Jeder lässt nur das über sich ergehen, was im möglichen Bereich ist und ihm Spaß macht!" Ich glaube nicht, dass Verena mich verstanden hatte. Wieder war ich es, die zu dir fuhr, Victor. Auch nach unserer nächsten Meinungsverschiedenheit. Wieder machte ich mich zu dir auf den Weg. Ja, jetzt kannst du ruhig sagen, naja, ich kann eben nicht ohne den Sex mit mir sein! Gut, vielleicht ist das an dem, aber ich liebe dich, vergiss das bitte nicht, Victor! Ich liebe dich und ich will Sex. Das SM Appartement war gebucht und ich freute mich auf zwei nette Tage mit dir. Ich war mir zwar nicht sicher, ob es sinnvoll wäre, dich vorher darüber aufzuklären, wo unsere Reise hinführen sollte oder ob ich es vor dir weiterhin als Überraschung besser geheim hielt. Ich entschied mich für die letztere Variante. Es war generell als Überraschung für dich gedacht, also hielt ich meinen Mund. Eine Freude wollte ich dir machen. Dein inniger Wunsch war es, dass wir beide uns ein paar Tage Zeit für uns zum Ausspannen nahmen. Zeit für uns beide. Allerdings weder in deiner Umgebung, noch in meiner. Dass du dabei an einen Urlaub am Meer dachtest, wusste ich nicht. Aber gut, solltest du dieses Mal staunen, was ich mir für dich überlegt hatte. Wir wollten zusammen wegfahren. So war der Plan. Geplant war das schon sehr lange. Es ist nur jedes Mal schwierig für mich, das umzusetzen. Die Versorgung meiner Pferde muss sichergestellt sein. Meinen Hund muss ich irgendjemanden aufs Auge drücken und mein Kind ebenfalls. Auch wenn es nur zwei Tage sind, die ich vereise, sie müssen für mich gut durchdacht und organisiert sein. Für mich ist es in der Tat nicht einfach, mal eben in den Urlaub zu fahren.

Auch wenn ich mir das oft in meinem Leben gewünscht habe. Einfach mal auszubrechen aus meinem Alltag. Mein Leben besteht doch nur aus Arbeit und das rund um die Uhr. Die Arbeit im Discounter, mein Kind, der Haushalt, die Pferde, wo bleibt mir der Raum zum Durchatmen? Entspannung habe ich mir nun wahrlich auch einmal verdient. Auf die zwei Tage mit dir, freute ich mich sehr, Victor. Sex, SM und ganz viel Liebe, daran dachte ich. Die Fotokamera durften wir nicht vergessen. Ich wollte doch schöne Fotos von uns haben und von mir. Auf dem Gebiet bin ich generell sehr offen. Ich habe keine Schwierigkeiten, mich nackt zu zeigen. Ich mag meinen Körper. Ebenso mag ich mein „Ich". Das weißt du, Victor und du magst es auch, dass ich mich gern nackt zeigen möchte. So saßen wir beide uns nach einem weiteren, eigentlich sehr heftigen Streit gegenüber. Wir diskutierten kurz und eher flüchtig unsere Meinungsverschiedenheiten aus. Wieder einmal gab ich klein bei und natürlich landeten wir zusammen im Bett. Wir hatten guten, wunderbaren Sex und am nächsten Tag fuhren wir los. Du wusstest nicht, wohin die Reise geht. Eine Ahnung hattest du vielleicht.

Voller Vorfreude saß ich im Auto. Freude auf zwei abenteuerliche und spielerische Tage im SM- Ferienhaus, zusammen mit dir. Du warst eigentlich wenig überrascht, als wir schließlich in einem Gewerbegebiet vor einem kleinen Häuschen parkten, das optisch dort gar nicht hineinpasste. Du hattest mittlerweile bestimmt eine Vorahnung. „Komische Gegend!", sagtest du misstrauisch. Wirklich erstaunt warst du aber nicht, als der Herr des Hauses in seinem Chevrolet vorfuhr und uns die Schlüssel überreichte. Nichts und niemand bringen dich jemals aus der Fassung. Die Wohnung war genial eingerichtet. Nettes Spielzimmer. Ausgerüstet mit allem, was wir brauchten. Von A- wie Augenbinde bis Z- wie Zwangstisch. Für mich war es das erste Mal, dass ich in einem derartigen Etablissement unterwegs war. Ich staunte über die Vielfalt der Spielzeuge, den unterschiedlichen Arten der Handschellen, über die Peitschen und Lederutensilien, mit denen man einen Menschen wahrscheinlich zum höchsten Punkt seiner Ekstase bringen konnte. Die Fickmaschine hatte ich nicht gebucht. Ansonsten lag vor uns das volle Programm, wenn wir wollten. Das Bett im Schlafzimmer besaß eine Komplettausstattung von Eisenstreben, Ringen und Ösen zum Einhaken der Seile, Ketten und Handschellen.

Du könntest mich dort kopfüber aufhängen, mich auseinanderziehen, fixieren und ich weiß nicht was du alles in diesem Bett mit mir hättest anstellen können. Der Spiegelschrank vor dem Bett war riesig und wunderbar. Das Ambiente einfach superklasse. Die Küche besaß einen Tisch, Zwangstisch nannte ich ihn, in den du mich einsperren könntest, wenn wir beide es ganz pervers gemocht hätten. Erinnerst du dich, dass ich erstaunt feststellte, dass ich sogar meinen Hund hätte mitnehmen können, weil in der Küche ein Hundefressnapf vorhanden war? „Das ist für die ganz verrückten Fetischisten Carina, die ihre Frauen in dem Tisch einsperren und sie aus Hundenäpfen fressen lassen!" Wir beide hatten Spaß. Von der ersten Minute an, als wir in dem SM Haus waren, war es weder befangen noch ein merkwürdiges Gefühl zwischen uns. Obwohl es für uns beide das erste Mal war, dass wir uns ausleben sollten, jeder so, wie er es am liebsten mochte, verspürte ich kein Gefühl der Beklemmung in mir. Angst oder Unsicherheit mit dir, das gab es nicht, Victor. Was mich erwarten würde, was deine genauen Vorstellungen waren, davon wusste ich nichts. Für einen Augenblick dachte ich bei dem Anblick der Lederpeitschen, was passieren würde, wenn die Gefühle plötzlich mit dir durchgingen. Wenn du deine Lust nicht mehr unter Kontrolle gehabt hättest? Auch dir könnte das passieren. Davon kann sich niemand freisprechen, sich der Lust hinzugeben, wenn sie über einen kommt. Die lustvolle Erregung in dir, etwas Unbekanntes, vielleicht auch Perverses auszuleben, auf einmal die Oberhand deiner Kontrolle übernimmt? Du hättest mich umbringen können in dem Haus der Lust. Natürlich nicht beabsichtigt, aber es gab Spielzeuge, die wirklich nicht in „Anfängerhände" gehörten. An meine zurückliegenden Freunde und Partnerschaften dachte ich. Da waren einige Kandidaten dabei, wenn ich mit denen in dem SM Haus „gespielt" hätte, das wäre schiefgegangen, aber total. Victor, du weißt über alles wunderbar Bescheid. Du bist über die SM Szene gut informiert. Wahrscheinlich aus Büchern. Keine Ahnung, woher du deine Informationen beziehst. Da du ein sehr belesener Mensch bist, nehme ich an, aus der erotischen Literatur. Ich war an dem Tag jedenfalls froh, einen erfahrenen SM-ler an meiner Seite zu haben. Das mag ich an dir. Wenn mir etwas neu oder fremd, ungeläufig, nicht bekannt ist, frage ich dich und schon bin ich aufgeklärt. Das ist in allen Lebensbereichen so und es imponiert mir.

–Nur weil Sex keine Probleme löst, muss man damit ja trotzdem nicht aufhören–

„Was gefällt dir hier besonders gut, Carina?"
„Das Schlafzimmer, Victor und das Spielzimmer! Der Gynäkologische Stuhl, der hatte es mir gleich angetan. Ich hoffe, Victor, dass du es mir auf ihm gut besorgst, aber richtig!" Jeder von uns hatte einen Rundgang durch die Wohnung unternommen. Dir gefiel das Andreaskreuz. Das Badezimmer war ebenfalls einladend für dich, alles lud zum Wohlfühlen und Entspannen ein. Da waren wir derselben Meinung. Wenn man wusste, wie man die Wohnung für seinen Spaß nutzen konnte, war es eine freie Fahrt in die Lustgefühle der Sinne.

Für Angst, Schmerzen und Ekelhaftes war kein Raum. Selbst der Gefängniskäfig hatte nichts, was mir Furcht oder Sorge bereitet hätte. „Keine Angst, wenn ich dich dort einsperre?" Nein, schüttelte ich den Kopf. „ Ich habe vor nichts Angst, was du mit mir machst, Victor, ich liebe das Abenteuer mit dir!" Während ich am liebsten sofort losgelegt hätte, musstest du erst mal eine Runde schlafen, du hattest deinen toten Punkt erreicht und legtest dich aufs Bett. Das war typisch für dich. Klar hatte es mich geärgert. Wenn wir an 1,5 Tagen alles ausleben und probieren wollten und du dich erst mal zum Schlafen hinlegen musstest, mussten wir beide später rapide aufholen!...

Du schnarchst seelenruhig. Es ist ok, ich lasse dich schlafen. Ich betrachtete dich. Dein Ausdruck ist friedlich. Alles in und an dir scheint gelöst. Deine täglichen Sorgen um deine Existenz schlummern in weiter Ferne. Vorsichtig berühre ich deinen Arm und streichele ihn sanft. Fahre mit meinem Zeigefinger dein Gesicht entlang. Berühre zärtlich deine Lippen. Deine 3 Tage bärtige stachelige Wange. Einen Kuss gebe ich dir. Wie aus dem Nichts heraus, schlägst du plötzlich die Augen auf und lächelst mich an.

Ruck zuck greifst du meine Arme, drückst mich neben dir ins Bett und setzt dich auf mich. „Ich will dass du dich ausziehst! Ok?" Du schiebst mir das T-Shirt hoch und legst meine Brüste frei, spuckst auf sie und beißt mir in die Nippel.

Du weißt gar nicht, wie sehr du mich zum Lächeln bringst! Wie viel mir diese kleinen

Dinge bedeuten, die du für mich tust...

Mein Problem ist, dass ich viel zu süß aussehe, für die Art von Sex, die ich gern hätte...

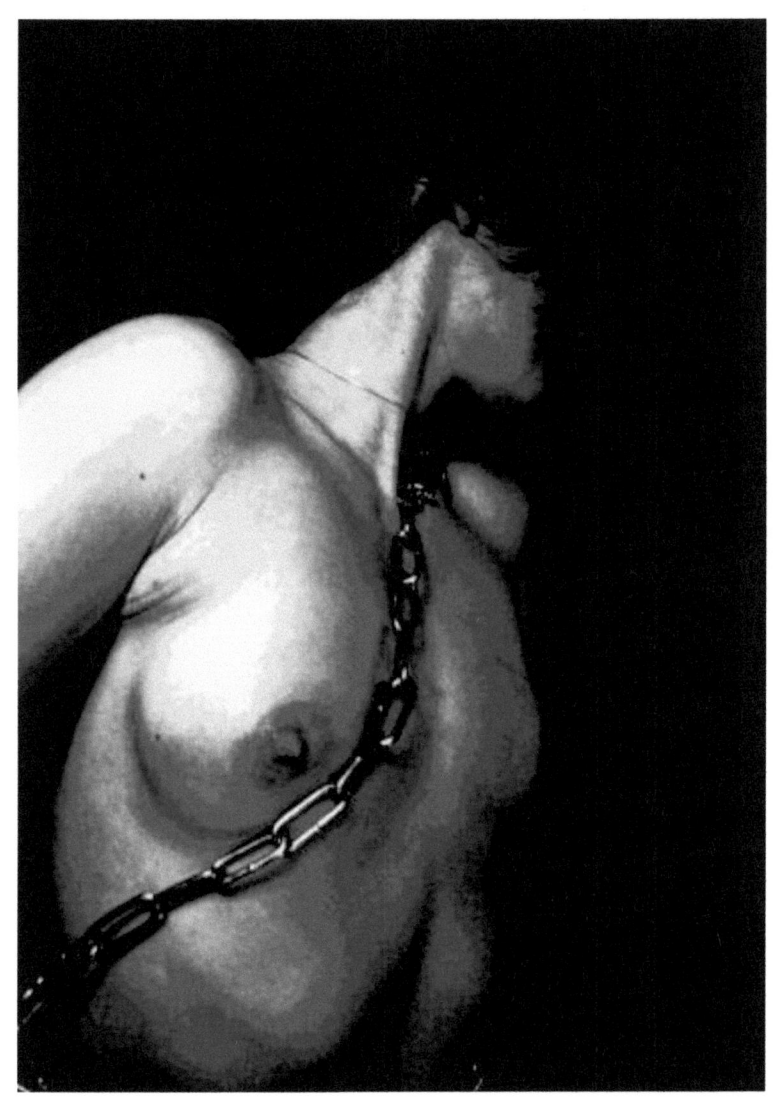

Sex ist gesund und verlängert das Leben

Komm und mach mich unsterblich...

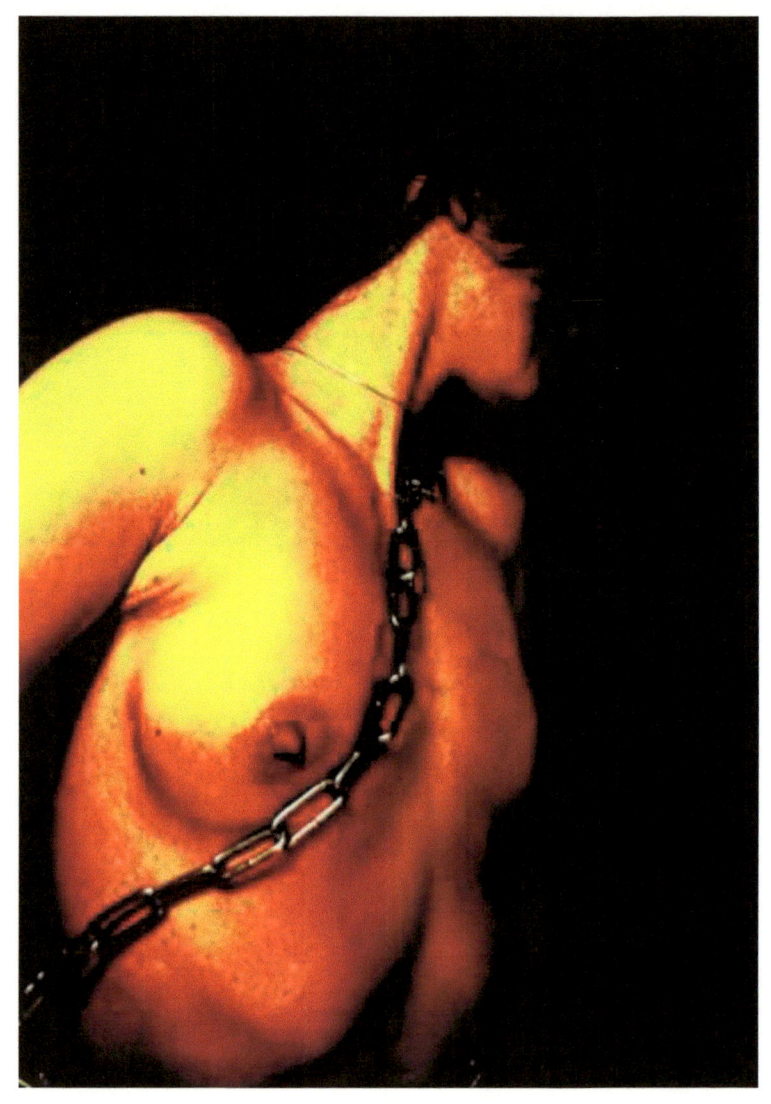

Meine Arme hältst du immer noch seitlich in die Matratze gedrückt. Dein Griff ist fest und bestimmend. „Möchtest du blaue oder rote Handschellen?", hauchst du in mein Ohr. „Ich möchte die Schwarzen!" Du nickst mir zu und stehst auf. „Ok", ich besorge alles! Zieh dich aus, Carina!" Während ich mich ausziehe, holst du uns an Utensilien, was wir brauchen. Handschellen, Augenmaske, Seile und Ketten. In einer Schublade befinden sich weitere schöne Spielsachen. Dinge, mit denen du meine zarte, empfindliche Haut bearbeiten kannst. Wir probieren zuerst aus, welches Spielzeug zu hart, zu scharf und welches ok ist. „Den Vibrator nur mit Kondom benutzen", lese ich lachend. Kondome mag ich generell so gar nicht. Weder an deinem Schwanz noch am Vibrator. Ich weiß, dass du es mit dem Vibrator gern magst Victor, es macht dich beinahe geiler, mich mit ihm zu befriedigen als mit deinem besten Stück. Mir macht es mehr Spaß, mich von deinem Schwanz vögeln zu lassen. Das sage ich dir auch, aber wir sind einig, jeder soll auf seine Kosten kommen! Aber dir zuliebe lasse ich es zu. Ihn über mich ergehen. Für mich ist klar, dir Dinge zu gestatten, die dir ebenfalls Freude bereiten.

Warum soll nur ich auf meine Kosten kommen? Wir wollen beide etwas davon haben, von unseren Spielchen. „Übrigens, wenn wir hier fertig sind, Carina... am Eingang des Gewerbegebietes ist ein großes Kaufhaus, wie ich gesehen habe. In der Bekleidungsabteilung könnten wir mal schauen, wie die Kabinen ausgestattet sind, was hältst du davon?", fragst du. „Oh ja, sehr gern!", antworte ich. Du hast es dir gemerkt, dass ich unheimlich wild danach bin, einmal Sex mit dir im Kaufhaus in einer der Umkleidekabinen auszuleben, Victor. Noch besser gefällt mir die Vorstellung, Sex im Fahrstuhl zu haben. Nackt liege ich auf dem Bett und warte ungeduldig auf dich. Mit Handschellen und Seilen bewaffnet, kommst du zurück und setzt dich lachend zu mir. „Die Qual der Wahl, Carina!", sagst du. Du grinst über beide Ohren wie ein kleiner Junge, während du mir die Handschellen und die Seile zeigst. „Ich werde dich am Bett fixieren, Carina! Mit dem Vibrator verwöhne ich dich, ist das ok für dich? Weißt du, es erregt mich sehr, wenn ich es dir mit dem Vibrator besorgen kann und du bewegungslos bist!" „Mach alles, was du willst, Victor! Ich stehe dir zur freien Verfügung!" Ein letztes Mal strecke ich meine Gliedmaßen von mir, denn ich weiß, gleich ist es vorbei mit der gemütlichen Position. Fixiert zu werden, ist nicht unbedingt unangenehm, aber meist schmerzen die Fesseln doch ein wenig an den Handgelenken. Meine Hände legst du in Handschellen und fixierst sie über ein Seil zum Bett. Quer über den Matratzen liege ich. Meine Füße sind gespreizt und liegen ebenfalls in Fesseln. Eine Augenmaske trage ich. Ich kann nichts sehen und bin völlig bewegungslos. Ein Kribbeln steigt in mir auf. Angst? Ja, etwas. Nicht zu wissen, was mich erwarten soll, bereitet mir Unbehagen, natürlich. Zuerst muss ich den „Zahnradstab" über mich ergehen lassen. Das Dingen habe ich zuvor noch in meinen Händen gehalten. Das scharfkantige Eisenrädchen, spitz und scharf ist es, kleingezackt. Du lässt es rasant über meinen Körper laufen. Sanft und mit einem guten Gefühl für mich. Du näherst dich meinen Brüsten und als das Rad über meine Brustnippel fährt, zucke ich zusammen. Das Gefühl ist heftig. Du bemerkst es natürlich sofort. Aha, der Punkt ist kritisch. Du willst ihn ausreizen. Wie weit kannst du gehen? Mein Mund ist mit einer Klemme fixiert, ich kann keinen Piep von mir geben. Zumindest kann ich dir in dem Augenblick nicht sagen, dass mich das Gefühl elektrisiert und ich nicht weiß, wie es sein wird, wenn du den Druck erhöhst. Natürlich ist dir danach, den Druck zu steigern, nachdem du gemerkt hast, dass das Rädchen auf meinen Brüsten einen besonderen Reiz für mich ausübt. Freude macht es dir, auszutesten, wie weit du gehen kannst. Hin und her bewegst du es. Erbarmungslos. Nein, es ist kein Schmerzgefühl, das ich spüre. Es ist ein Gefühl, dass ich mehr davon erfahren möchte, von meiner Lust und, dass ich mir wünsche, dass du gleichzeitig noch ein anderes Reizgefühl in mir auslösen wirst. Du nimmst einen Finger und steckst ihn in meine Vagina. Wie gesagt, du kannst Gedanken lesen. Während du ihn in meiner „Grotte" reibst, fährt das Rädchen munter weiter über meine Brustwarzen. Mal links, mal rechts entlang. Wenn du Kreise ziehst über meine Brüste, glaube ich, dass ich bald schreien muss. Ich wende mich unter dem Gefühl des Eisenrädchens und nutze den klitzekleinen Platz, der mir zur Bewegung bleibt. Als ich in meiner Scheide feucht werde, leckst du meine Brüste. Du spuckst auf sie, damit alles um sie herum nass wird. Du magst es nass, Victor, das weiß ich! Aus einem deiner Finger sind mittlerweile zwei geworden, die in meiner Scheide ihre Kreise und Bewegungen ziehen. Dein Mund arbeitet sich von meinen Brüsten herab zu meinem Bauch und deine freie Hand legt sich an meinen linken Busen. Du massierst ihn kräftig.

Du bist wieder einmal wunderbar im Takt mit sämtlichen meiner Körperpartien. Gleichzeitig mit deiner Hand, die in meiner Pussy steckt und mit der anderen an meiner Brust, jonglierst du mich beinahe meisterhaft dem Höhepunkt entgegen. Mustergültig bist du. Du bist ein Genie und machst mich wahnsinnig. Vor Lust. „Du machst mich verrückt, Victor!" „Gefällt dir das?" Du bist ebenfalls gut auf Touren. Du liebst es, mich zu verwöhnen. Besonders magst du es, wenn ich unter dir bebe und mein Körper sich dir mit jeder seiner Faser entgegenstreckt. „Bist du bereit?" Was du mir damit sagen möchtest, ist klar. Du wirst mir den Vibrator einführen und mich mit ihm zum Höhepunkt reiten. Ich wünsche mir, dass du vorher meine Brüste noch einmal hingebungsvoll leckst und an ihren Knospen kaust und saugst, aber das kann ich dir nicht sagen. Die Mundklemme blockiert mich. Du weißt jedoch genau, was ich will. Dein Mund küsst sich von meiner Vagina weiter aufwärts und du saugst bereits wieder an meinen Brustwarzen. „Ein wenig kann es wehtun!" „Ja Victor, komm, tu mir weh!" Ich will dich fühlen und spüren. Jedes Gefühl in meiner Körperfaser, will ich auskosten. Ruck zuck geht es vorwärts. Das Rädchen kommt zurück. Unsanft fährt es über meine rechte Brust. Ich zucke zusammen.

Das Zackenrädchen umkreist unbarmherzig ihren Nippel, fährt darüber hinweg, dann wieder im Kreis und dein Mund bearbeitet weiterhin begehrend meine linke Brust, in dem er an ihrem Nippel zieht, ihn loslässt, wieder zieht und das fein im Wechsel. Zwischendurch saugst du derart heftig an ihm, dass ich mich frage, was da Leckeres rauskommen mag, aus der Drüse. Mir wird heiß und kalt. Deine Hand steckt immer noch mit zwei Fingern in meiner Vagina. Du fingerst mich beinahe voreilig zum Höhepunkt. Mein Lustgefühl ist derart gesteigert, dass ich zwischendurch das Gefühl habe, vor Geilheit erbrechen zu müssen. Du treibst mich in den Wahnsinn. Was machst du mit mir, Victor? Das ist nicht von dieser Welt. Das Gefühl, das du mir gibst, ist nichts Natürliches mehr. Kurz bevor ich glaube, zu explodieren, schiebst du mir den Vibrator in meine Scheide. Die Bewegungen sind hart und fordernd. Heftige Stöße durchfahren meinen Körper. Meine Brüste leckst du mit einer Hingabe, dass ich unter dir schmelze. Mein Körper zuckt vor Lust, ein Tanz der Erotik auf geistiger Ebene, den ich gefühlsmäßig nicht mehr verkraften kann. Der Orgasmus bricht aus mir heraus, wie ein Vulkanausbruch. Heftig und explosionsartig sprudelt der Flüssigkeitsstau aus mir und ich bin nicht mehr Herr meiner

Gefühle. Alles in mir dreht durch und schießt aus mir heraus. Wie eine Fontäne. Die Fontäne der Lust, sie kocht empor. Du hast mir im wahrsten Sinne des Wortes den Verstand rausgevögelt. Für einen Augenblick scheint es, als wäre ich wahrhaftig weggetreten. „Sterbe ich?", frage ich, während du mir den Mundknebel herausnimmst und mich küsst, als gäbe es kein Morgen mehr. „Ich liebe dich!" Das sind die letzten Worte, die ich soeben noch aus mir hervorbringen kann. Mühsam, weil ich so erschöpft und fertig bin von dem Ritt, der hinter mir liegt. Mein Atem geht schnell, bald rasselnd an diesem Tag. Mein Mund, er ist trocken. Meine Vagina dagegen, aus ihr läuft es nass heraus. Ein Gefühl, als wenn aus einem reißenden, bewegungsvollen Fluss plötzlich eine starke Strömung hervortritt. Fluss des Lebens. Für einen Moment denke ich, Victor, schau mal nach, ob dort kleine Fische mit hinaus aufs Bettlaken geschwommen kommen. Mein Gefühl sagt mir, dass du den kompletten Ozean aus mir herausgeholt hast. Neben dir steht eine Flasche Champagner. Sie gehört zur Ausstattung des Hauses. Im Preis inbegriffen. Du nimmst einen Schluck und lässt mir den Rest des spritzigen Getränks aus deinem Mund über meinen laufen lassen. Was für eine Nummer! Die erste Nacht in der SM Wohnung haben wir

weiteren Sex im Schlafzimmer. Nach dem Höllenritt des Nachmittags vollziehen wir den „einfachen Sex." Einfacher Sex? Ungefesselt darf ich sein und frei beweglich. Danke! Du hast dir viel Zeit für mich genommen, Victor. Mächtig auf Touren hast du mich gebracht, bist aber auch immer wieder in deinen „Pause Modus" gefallen. „Ich stecke dir den Vibrator rein und dann gehen wir erst mal in die Küche, ich muss einen Kaffee trinken, den Vibrator können wir bei dir drin lassen! Was hältst du davon, Carina? Ich führe dich in die Küche, der Vibrator bleibt, wo er ist, du besorgst es dir auf dem Stuhl und ich schaue dir bei einer Tasse Kaffee zu!" Es ist unglaublich mit dir, Victor. Deine ruhige, gelassene Art scheint beinahe beängstigend und geheimnisvoll. Du hast Ideen, die sind in der Tat heftig.
Gewöhnungsbedürftig. Aber auch irre gut! Sie machen mich wahnsinnig geil. Während ich mit dem Vibrator in meiner Vagina hantiere, trinkst du dir genüsslich einen Kaffee und rauchst eine Zigarette. Du sitzt mir auf dem Stuhl gegenüber und beobachtest mich. Schaust mir zu, wie ich mich befriedige. Ich möchte dir an der Stelle sagen, dass es mich nicht geil macht, mich mit dem Vibrator zu befriedigen, während du rauchst und Kaffee trinkst! Ich gucke auch nicht zu, wenn du dir einen runterholst und trinke mir

nebenbei einen Kakao. Ich trage die Augenmaske. Wir sind beide nackt. Zwischendurch erhebst du dich von deinem Küchenstuhl und küsst meine Brüste. Es kommt vor, dass du den Vibrator übernimmst und ihn mir tief reinschiebst. Tiefer, als ich ihn mir reingeschoben hätte. „Spürst du den Schwanz?", fragst du mich. „Schön groß ist er und hart, spürst du ihn?" Wir beide hatten einst in der Vergangenheit darüber gesprochen, dass ich es mag, wenn du mich beim Sex dreckig ansprichst. Einen harten Umgangston an die Tagesordnung legst. In der Küche sitzend mit deinem Kaffee in der Hand, kannst du das gut. „Komm du kleine Schlampe, zeig mir mal, was du drauf hast! Reite den Vibrator! Reite den Schwanz! Komm schneller, du kannst das besser, gib dir mal mehr Mühe! Sonst sperr ich dich in den Folterkäfig und dort werde ich es dir mal richtig besorgen, du kleine Nutte!" Ja Victor, ich warte nur darauf, dass du es mir richtig besorgst. Du führst mich in das Spielzimmer und dirigierst mich auf den Gynäkologischen Stuhl. Meine Arme und Beine sind gespreizt und ich bin festgekettet. In dem Zimmer gibt es einen CD Spieler mit einer installierten CD. Die Musik, benannt nach dem „Der Marquis", ist für mich etwas Neues. Die Peitschenschläge und Mönchsgesangsklänge können einen wirklich in eine Art Rausch versetzen. Das ist für mich absolutes Neuland. Die Angst in mir, was du mit mir machst, verstärkt sich durch die gruselige Musik. Ich bin dir ausgeliefert, Victor. Aber es ist okay. Ich weiß, es gibt Männer, mit ihnen können während solcher Aktionen die Nerven komplett durchgehen. Vor lauter Geilheit und Erregung vergessen sie ihr gutes Benehmen und fallen über die Frauen her. Hilflos festgekettet, liege ich auf der Liege. Du willst mir gern die Halsschlinge umlegen oder das Halsband. Das ist etwas, das ich nicht zulasse, weil ich es nicht ertragen kann. Mein Halsbereich ist zu empfindlich. Neben mir an der Wand hängen Gerten und Peitschen in allen Variationen. Will ich, dass du dir eine der Peitschen nimmst und mir eins damit überziehst? Möchte ich die Schläge auf meinem Körper spüren? Sollst du mich schlagen? Nein, niemals hätte ich es gut gefunden, mir von dir richtig schmerzhaft meinen Arsch versohlen zu lassen! Jedoch möchte ich die Erfahrung machen, wie er sich anfühlt, der Schmerz. In einem Film hatte ich es bereits gesehen, wie sich Frauen auspeitschen ließen. Dabei konnte ich nichts empfinden. Ich glaube, dass derjenige, der die Peitschenbewegung ausführt, mehr dabei empfindet als der, der sie erhält.

Du hast mir gesagt, dass du dabei nichts empfinden kannst, eine Frau oder in dem Fall mich, auszupeitschen. Du es aber mit mir tun könntest, wenn ich es unbedingt wollte. Dir würde es an Gefühl nichts gegeben und auch keinen Spaß bereiten. Der Gynäkologische Stuhl macht uns beiden unheimlichen Spaß. Egal, ob du seitlich am Stuhl stehst und ich deinen Schwanz im Mund habe, um dir einen zu blasen, oder du mich von vorne vögelst. Die Positionen sind auf uns beide exakt maßgeschneidert zugeschnitten. Unser Sex ist dreckig. Das ist er deshalb, weil du im Befehlston mit mir sprichst. „Leck den Schwanz!" Komm, nimm ihn mal richtig in den Mund und zeig mal, was du drauf hast!" Wenn du ihn wieder in meine Vagina schiebst und erneut rausnimmst, heißt es: „Komm, mach ihn sauber! Leck den Schwanz sauber Carina!" Jetzt lass dich mal so richtig vögeln von mir, dass dir Hören und Sehen vergeht! Das magst du doch, wenn ich dich richtig hart ficke! Ich bringe dich in Wallung Carina, bis zum Schreien, bis zum Erbrechen wenn es sein muss und dann lass ich dich hier liegen! Wenn ich Lust auf dich habe, komme ich wieder!" Dazu die aufdringliche Musik. Ein wenig muss ich Acht geben, dass ich keine Panik bekomme. Für einen Moment denke ich daran, was passiert, wenn du die Kontrolle verlierst. Mit Kontrolle verlieren meine ich, wenn du tatsächlich eine der Peitschen nimmst und mir meinen Arsch versohlst oder meine Brüste auspeitscht. Du mit deinem Schwanz noch härter in mich eindringst und mich bis zum Erbrechen fickst. Den Sex auf dem Gyn.- Stuhl empfinde ich bereits als sehr hart, weil du mich mit solch kräftigen Stößen reitest und bearbeitest, dass durch die Wucht der Stuhl einmal quer durch das Zimmer wandert. An dem Tag wird mir wieder deutlich bewusst, dass du nicht nur der liebe nette Victor bist...Der Victor, der mit seinen Fingern sanft eine Haarsträhne hinter mein Ohr kämmt, während wir zusammen im Bett liegen und kuscheln. Der liebevolle Victor, mit dem ich über alles reden kann, was mir auf der Seele liegt. Victor, der mich in den Arm nimmt, wenn ich es will und mir den Rücken krault, während er meine Brüste mit sanften Küssen gleichzeitig verwöhnen kann. Nein, du bist der Victor, der es mir richtig hart besorgen will. Du hättest sie genommen, die Peitsche. Wenn ich gesagt hätte, „tu es", du hättest es getan! Dessen bin ich sicher! Ich habe das Gefühl, je härter du sein darfst je mehr ich zulasse und dir zugestehe, desto besser fühlst du dich in deiner Rolle und umso mehr kommst du auf deine eigenen Kosten! Wie weit würdest du gehen?

Wie weit würden wir beide gehen? Ich bin sicher, wir werden zurückkehren in das Haus der Lust! Bald. Irgendwann und ja, vielleicht sollst du sie eines Tages tatsächlich gebrauchen, die Peitsche. Ich will erfahren, wie fest du zuschlagen wirst, Victor. Du musst etwas geahnt haben von meinen Gedanken über deine Härten. „War ich zu hart?", kommt die Frage nämlich prompt von dir, als wir beide wenig später erschöpft nebeneinander im Bett liegen. Dein Blick scheint beinahe dem eines schlechten Gewissens. So habe ich dich selten gesehen. Du bist melancholisch und nachdenklich. Naja Victor, hart, an der Stelle überlege ich wirklich einmal kurz. Es war hart, ja. Schon. Klar war es das. Es hat dir doch aber gefallen! Oder nicht? Sollte ich dir sagen, dass ich im Grunde genommen die Vorstellung, vom Teufel höchstpersönlich gevögelt zu werden, unheimlich mag und sie mich seit vielen Jahren erregt? Ich sie heimlich mit mir herumtrage, diese perverse Phantasie, und dass du nahe dran bist, mir das Gefühl zu verpassen? Möchtest du das von mir hören? Aber es ist ok. Mir hat es gefallen. Mit dir. Weißt du, ich will nicht immer die seichte Nummer, dieses Kuscheln, das Weichspülen. Keine Ahnung, woher du weißt, wie ich ticke, dass ich nämlich genau all das nicht will und nicht brauche, denn ich bekomme es von dir auch nicht serviert. Die Weichspülnummer ist nicht dein Gebiet. Ist es Zufall? Dass wir im gleichen Takt miteinander vögeln, ficken und uns hingeben können? Liebe und Sex können wir beide wunderbar trennen. Wer bist du, Victor? „Sollen wir uns jetzt nicht erst einmal wieder der Liebe widmen?", fragst du zärtlich. Du streichelst mir sanft über meine Brüste und siehst mich an, mit einem Blick, der einfach nur lieb ist. Für einen Moment ist es, als ob es einen zweiten Victor in meinem Leben gibt. Vom Werwolf zurück zu Zwerg Nase oder so. Der Wechsel deiner Gesichter ist sensationell, Victor. Besser kann sich kein Vampir verwandeln. Du küsst mir unheimlich liebevoll meinen Hals, meine Schultern, und deine Finger ziehen sanfte Kreise über meine Schenkel. „Du hast schöne Brüste, Carina! Ich mag sie genau, wie ich deinen Hintern mag!" Deine Worte klingen lieb und ehrlich. Komplimente kommen generell selten von dir. Vielleicht dreimal im Monat. Eher weniger. Deine Zunge umkreist sanft mein Ohr. Unsere Lippen berühren sich flüchtig, zaghaft nur. Du berührst mich, als würdest du das in dem Augenblick zum allerersten Mal tun. Immer wieder schaust du mich an. Manchmal sehe ich den kleinen Jungen in dir, Victor. Den Knaben, der die Liebe entdeckt und sie hütet wie ein

Geheimnis. Der mit ihr umgeht, wie mit einem wundervollen Schatz. Sie behandelt, als sei sie das höchste Gut der Welt. Ist sie das nicht auch, die Liebe? Kaum spürbare, ganz sanfte und vorsichtige Berührungen von dir, fühle ich in dem Moment. Es ist, als hättest du mich niemals zuvor angefasst. Mich niemals berührt. In dem Augenblick deiner zärtlichen Berührungen scheint es mir, als würdest du meinen Körper soeben erst für dich entdecken und herausfinden wollen, was ich mag und was nicht. Unter deinen Berührungen fühle ich mich gut und leicht wie eine Feder. Erstaunlich, weil doch seit wenigen Minuten erst ein sexuelles Erlebnis hinter mir liegt, das an einen Ritt in die Hölle erinnert. Sexhölle! Zusammen mit einem Victor, der einem „Sexmeister" oder dem „Satan" persönlich, verdammt nahe kommt. Wohin ist er entschwunden? Der Sexmeister Victor, der mir vor wenigen Minuten beinahe mein Gehirn rausgevögelt hätte!? Hart und rücksichtslos zu mir war, dazu dreckig, ungehemmt und gemein in seinen Worten. Und jetzt, jetzt ist er wieder zärtlich zu mir!? Beinahe scheu. Das kleine Kind ist er, der unschuldige Junge. Zuvorkommend und sanft gibst du mir das „Wohlfühlen", sich „Geborgen" fühlen, in deiner Nähe zurück, Victor. Das tiefe Gefühl von Liebe. In dem Moment spüre ich, dass du mich liebst. Danke! „Ziehen wir die Nummer gnadenlos durch? Carina!?"Du nimmst meinen Kopf zwischen deine Hände, drehst ihn in deine Richtung und siehst mich fragend an. Es ist dir ernst. Du sehnst dich in dem Moment glaube ich nach Liebe. „Was meinst du mit gnadenlos, Victor?" „Naja, dass wir uns von einer Station gemeinsam zur nächsten vögeln, solange wir die Wohnung gemietet haben? Die Wohnung ist hart! Hier gibt es eigentlich nur richtig harten Sex! Dafür ist die Wohnung ausgelegt. Wir haben alle Möglichkeiten, miteinander zu spielen. Ich kann dich fertig machen, wenn ich das will, Carina! Aber ist es das, was du willst?" „Wonach ist dir, Victor?" stelle ich die Gegenfrage. Mir ist es in dem Moment wichtig, dass du die Entscheidung triffst. Ich möchte dich glücklich machen, Victor. Du sollst dir nehmen dürfen, was du willst. Einmal möchte ich dir das wunderbare Gefühl zurückgeben, dass ich von dir bekommen habe. Du sollst dich frei fühlen. Du sollst es erleben und sie endlich spüren. Die Freiheit, nach der sich die Seele in uns Menschen so sehr sehnt. Auf welche Art und Weise du das Gefühl erlangst, musst du entscheiden. „Für einen Mann gibt es nichts Besseres, als mit einer Frau machen zu können, was er will oder nicht? Wonach mir ist?"

Du hast anscheinend nicht mit meiner Gegenfrage gerechnet. „Och, also ich finde, wir haben uns ein wenig Liebe verdient, Carina! Das war auf dem Gyn.- Stuhl eine heftige Nummer und ziemlich dreckiger Sex! Lass uns ein wenig liebevoller miteinander umgehen, ok?" So landen wir beide zusammen in der Badewanne. Es ist herrlich, mit dir zu entspannen in dem warmen Wasser. Du sitzt hinter mir und streichelst meinen Rücken. Es tut gut, mich anlehnen zu dürfen an den Menschen, den ich liebe. Das Gefühl, zu spüren, dass ich weiß, wo ich hingehöre! Nämlich zu dir, ist wunderbar. Es vermittelt „Nähe." Für mich ist das im Leben sehr wichtig, Victor, dass ich mich zuhause fühlen kann. Ich brauche das Gefühl von „Heimat." Dass ich einen Menschen habe, der mir das Gefühl von Sicherheit und Zugehörigkeit vermittelt! Jeder Mensch braucht einen Menschen, bei dem er das bekommt, wonach sein Herz sich sehnt. Wärme, Herzlichkeit und einen Hauch von Familie! Lebensnotwendig finde ich das. Ein Stück Luxus. Deine Arme halten mich fest und ich fühle mich in ihnen geborgen. „Ich habe dich sehr lieb! Sehr! Carina!", flüsterst du liebevoll in mein Ohr. Du streichelst meine nasse Haut und küsst meinen Hals. „Ich liebe es, wenn du das machst, Victor". Der Hals ist meine empfindlichste Stelle an meinem Körper. Ich überlasse ihn dir gern. Bedingungslos, weil du gut mit ihm umgehst. Alles gebe ich dir von mir. Will ich dir geben! Alles gehört dir und ich gehöre dir! Nimm dir, was du brauchst, mach mit mir, was dir gefällt. Warum ist es mit dir so herrlich einfach, abenteuerliche Dinge, wie ein SM Wochenende und ein Blind SM Date auszuleben und vieles mehr? Wir können Verrücktes zusammen erleben, aber eine normale Beziehung führen, das ist uns unmöglich? Ist es der Altersunterschied? Bist du so viel anders in deinem Denken und Handeln, in deinem Fühlen, als ich? Fehlen da 14 Jahre Erfahrung bei mir? „Weißt du, Victor, ich denke, miteinander Spaß zu haben, ist keine Frage des Alters." Zusammenleben, Interessen teilen und gegenseitiges Verständnis zu haben, ist sicherlich altersabhängig, ob es gelingen mag oder nicht! Aber mit 40 Jahren bin ich kein Kind mehr. Ich weiß nicht, warum es bei uns nicht funktioniert, eine Beziehung zu führen. Wir beide lieben die Freiheit. Du noch mehr als ich. Wenn du ein Projekt in Angriff nimmst, widmest du dich nur noch diesem und ich bin außen vor. „Häng ein Schild an deine Wohnungstür, Victor!" Man @ Work, Zutritt verboten! Ich habe sehr oft das Gefühl, dass ich keinen Platz in deinem Leben finde.

Dass ich nicht willkommen bin bei dir. Du streitest das vehement ab. Warum fühlt es sich für mich so an? Warum? Gut, was bleib dir für eine Wahl? Wenn du es zugeben würdest, dass ich dir egal bin in meiner Person, verletzt du mich wieder einmal und wirst mich vielleicht letztendlich verlieren. Irgendwann würde ich gegangen aus deinem Leben, Victor und du bist nicht dumm, du weißt genau um die Gefahr. Dein Sexobjekt möchtest du nicht missen, was? Es kann jedoch nicht der Sinn unserer Beziehung sein, dass wir zwei uns immer wieder Schmerzen zufügen, indem wir uns wissentlich verletzen. Es muss aufhören, dass wir uns ständig aufreiben und uns gegenseitig anklagen. Einmal brauche ich das Gefühl von dir, dass ich willkommen bin in deinem Leben! Liebe Worte! Schmalz! Romantik! Charme! Wo ist das alles bei dir geblieben? Da gibt es nix, die Liste ist leer. Stattdessen: Sex, Sex, Sex...! Das Liebevolle, das „Honigschmieren", das vermisse ich manchmal. Eigentlich vermisse ich vieles in der letzten Zeit. Vielleicht haben wir uns zu oft gestritten. Die Luft ist raus. Kann man dagegen nichts tun? Wir teilen den geilsten Sex miteinander. Wunderbar und genial ist er. Irgendwoher muss das Gefühl doch kommen, dass ich mit dir die wundervollen, erotischen Erlebnisse und Erfahrungen teilen kann. Wenn wir nichts füreinander empfinden würden, wäre das nicht möglich, oder? Oftmals fühle ich mich von dir nicht verstanden, Victor! Wahrscheinlich liegt das daran, dass du ein gefühlsmonotoner Mensch bist. Du bist keiner, der in Euphorie ausbricht, niemand, der in großes Staunen oder in die tiefe Traurigkeit verfällt. Du wirst nicht sentimental. Du bist und bleibst immer ein und derselbe Victor, außen hart, innen weich, aber du wirst niemanden wirklich an dich heranlassen. Gefühlsmonoton bist du. Du bist somit das Arschloch eigentlich. Obwohl ich weiß, dass du es nicht unbedingt sein möchtest. Mir gegenüber schon gar nicht. Dir gelingt es irgendwie einfach nicht, dass endlich abzulegen. „Leg sie nieder, deine Maske! Trau dich! Zeig dein wahres Ich!" Dein Ich, das so verletzlich ist, wie mein Gedanke, dass ich in dir den kleinen unschuldigen Jungen sehe, der soeben das Leben entdeckt. Das Kind in dir, das erstaunt ist über die Vielfalt, die ihm das Leben zu bieten hat. In all seinen Facetten und bunten Farben. Du investierst keine Gefühle in deinen Partner. Ich weiß manchmal nicht, ob ich in deinen Augen überhaupt deine Partnerin bin. Oder Freundin. Was bin ich eigentlich für dich? Ich bin vielleicht eher eine Freundin, mit der du ein paar nette SM Erlebnisse teilst, die du auch gerne mal besuchst oder dich freust, wenn sie dich besucht. Im Großen und Ganzen kannst du jedoch ohne mich auskommen und leben. Dass du mich vermisst, das würdest du nur im Notfall über deine Lippen bringen. Auch, dass ich dir fehle, wenn wir uns längere Zeit nicht gesehen haben. Das sind Worte, die ich von dir nicht zu Ohren bekomme. Bekomme ich sie nicht, weil du mich wirklich nicht vermisst oder bekomme ich sie nicht zu Ohren, weil du einfach nicht daran denkst, wie wertvoll sie für mich sind. Das ist traurig. Zu gern würde ich deine Tagebücher lesen. Bestimmt steht in ihnen geschrieben: „Ich habe geilen Sex mit Carina, aber ich bin glücklich, wenn ich sie wieder vom Arsch habe!" Vielleicht ist es mein Selbstmitleid und meine Vermutung ist falsch. Wahrscheinlich steht in ihnen geschrieben, dass du mich sehr lieb hast, aber dass dein Leben dir keinen Raum lässt, mir das zu geben, was ich unter „Beziehung" verstehe. Aber du warst doch auch einmal jung, Victor. Gab es all das nicht? Romantik? Sehnsucht? Leidenschaft? Liebesbriefe? Komplimente? Kuscheln...Das ist unvorstellbar für mich.

„Alle Männer ticken so", dachte ich für einen Moment verzweifelt. Nach unserer gemeinsamen Badewannensession im SM Haus, gingen wir außerhalb der „Ferienwohnung" etwas essen. „Sex macht generell hungrig. Der Tag mit dir war wunderschön, Victor. Ich fühle mich gut mit dir." Ich sage dir, dass ich gerne meine Zeit mit dir zusammen verbringe und wie lieb ich dich habe. Es ist wundervoll, wenn ich dir das sagen kann, weil es ehrlich ist und aus meinem Herzen kommt. An meine Pferde dachte ich. In der letzten Zeit hatte ich deinetwegen alles vernachlässigt zu Hause. Nichts war mir mehr wichtig, außer dem „Uns." Mir war das „Uns" wichtiger geworden, als mein eigenes „Ich!" Das wäre der erste wichtige Schritt in eine normale, gemeinsame Beziehung, dachte ich. Der Grundstein war gelegt! Wenn du noch ein paar Dinge beachtet hättest, Victor, wir hätten wirklich eine Chance gehabt. Eine Chance auf eine normale Beziehung. Wäre das nicht wunderbar? Mir war klar, dass es besser wäre, dich nicht mit Fragen und Vorhaltungen zu belehren oder gar zu nerven. Dir eine Moralpredigt zu halten. Der Schuss konnte für mich gewaltig nach hinten losgehen. Wenn ich mich heute, an die anfängliche Beziehungszeit mit dir erinnere, als ich dich zum Autofahren genötigt und dir gesagt habe, dass du dir unbedingt deine Zähne machen lassen sollst und ich ständig dein Aussehen kritisierte,...dann staune ich, wie weit wir beide es gebracht haben. Wie weit du es gebracht hast, Victor! Du bist nicht der Duckmäuser, für den ich dich gehalten habe. Im Gegenteil, du kannst ein sehr harter Gegner sein, ein Kritiker an dem man sich die Zähne ausbeißt. Gut, in einer Beziehung lernt man voneinander. Woher sollte ich gleich zu Anfang wissen, wie du drauf bist und mit wem ich es zu tun hatte? Es war sehr mutig von mir, dich in ein Schema pressen zu wollen, das meiner Meinung nach zu dir passte! Nichts anderes hatte ich vor einem Jahr getan. Glück hatte ich, dass du mir nicht sofort gezeigt hast, wo bei dir der Hammer hängt. Im Grunde genommen bist du nämlich eine richtig harte Sau. Ein Kampfschwein. Wir beide führten in kurzer Zeit viele Kämpfe und besonders intensive dazu! Intensiv in ihren Härten. Als brutal habe ich sie empfunden. Du hast mir oft sehr wehgetan. Wegen dir weinte ich mich nächtelang in den Schlaf. Deine Härten taten unserer Beziehung nicht gut. Uns passierte genau das, was eigentlich nicht hätte passieren dürfen. Auch wir entkamen dem Alltag und seinen Streitpunkten beziehungstechnisch nicht. Wir erlagen seinen Tücken...Am nächsten Tag blieben uns noch ein paar Stunden Zeit, bis wir die Wohnung wieder übergeben mussten. Wir entschieden uns, Fotos zu machen. Aktfotos von mir. Du hättest dich niemals nackt fotografieren lassen. Du nahmst die Sache mit dem Fotografieren aber sehr ernst, Victor. Jedes Detail musste genau durchdacht sein und 100 % sitzen. Von der Farbe der Hand- und Fußfesseln bis zu meiner Position, die du fotografisch festhalten wolltest. Während ich viel gelacht habe, über kleine Missgeschicke, die zwischendurch passierten, warst du eher verbissen und ernst. Manchmal sogar gereizt. Du schienst ungehalten, weil es nicht lief, wie du es dir vorgestellt hattest. Jähzornig warst du! Mein Gott Victor, hey wer hätte gedacht, dass du richtig ausrasten konntest? Den nächsten Streit gab es, als ich ein meiner Meinung nach sehr schönes Bild von mir bei Facebook postete, auf dem du leider Gottes im Hintergrund zu sehen warst. Ich hätte dich nur mit wirklich viel Phantasie auf ihm erkennen können! Das Foto war dunkel und verwischt, aber es hatte etwas Grandioses im Ausdruck! Es gefiel mir. Das Foto mochte ich sehr. Eben auch, weil du mit drauf warst, Victor! Ich stehe zu dir, Victor! Du gehörst zu mir, also darf ich meiner Meinung nach Fotos öffentlich zeigen, auf denen du zu sehen bist. Wir beide hatten wegen der Fotos jedenfalls mächtig Ärger. Entfernen sollte ich es. Des lieben Friedens willen, tat ich es natürlich. Vieles habe ich getan für unseren Seelenfrieden, Victor. Du hast Regeln aufgestellt, an die du dich selbst nicht gehalten hast. Während sie für mich Pflichtprogramm bedeuten sollten, waren sie für dich lediglich die Kür. Das ist übrigens eine deiner Stärken! Programmvorschriften zu machen, an die du dich selbst nicht im kleinsten Ansatz halten willst! Ich glaube, es liegt weniger an deiner eigenen Person, als an dem Umstand, dass du männlichen Geschlechtes bist. Das habe ich bisher bei fast allen Männern erlebt. Regeln aufstellen können sie hervorragend! Nicht einhalten, das können sie noch viel besser! Die Fotos von mir, waren jedenfalls irgendwann im Kasten. Die Schlüsselübergabe der SM Wohnung, nachdem wir es noch einmal auf dem Gynäkologischen Stuhl getrieben hatten, war erfolgt und unsere zwei SM Tage somit vorbei. Leider! Von mir aus hätten wir gern noch ein paar Wochen dort bleiben und uns zusammen „wild" vergnügen können. Ich liebe es, mich von dir anketten zu lassen. Hände, Beine, alles schön gespreizt und festgezurrt. Es ist das „Wehrlose", das mich fasziniert. Das letzte Mal auf der Liege, hattest du mir die Augen nicht verbunden. Du magst den Sex mit mir, wenn meine Augen verbunden sind, am liebsten. Wir tun es selten ohne Augenmaske. Ich persönlich liebe es, wenn ich deinen Blick beobachten kann, während du es mir kräftig besorgst und mich zum Höhepunkt reitest. In meinem Kopf schwirren viele Dinge herum. Ich will dir sagen, dass ich dich liebe, als du mit deinem Kopf zwischen meinen Beinen versunken bist und deine Zunge meinen besten Hügel verwöhnt. Aber nee, ich sagte dir lieber, dass du mich beschimpfen sollst! Liebe passt nicht zum dreckigen, „abgewichsten Spiel". „Komm, lass es uns dreckig treiben! Ja, ich bin die geile Schlampe, die dir hoffnungslos ergeben ist, Victor!" Vögel meine Seele, hol alles aus mir heraus. Nimm dir, was du kannst und was du brauchst!" Du leckst mich zum Höhepunkt. Deine Zungenarbeit ist meisterhaft, wie immer. Mein Körper bebt, ich möchte mich aufrichten, zu dir, aber ich liege fest! Festgekettet. Ich kann nicht weg, ich schaffe es nicht, dem Glücksgefühl zu entkommen. Eigentlich will ich das auch gar nicht. Keine Chance. Du leckst die Zuckungen aus meinem Körper regelrecht heraus. Dann richtest du dich auf und kommst näher zu mir. Deine Zunge leckt über meine Brüste. Unsere Blicke treffen sich. Dieser Moment. Ich bin in höchster Erregung und dein Blick trifft mich. Der Blick hat etwas kaltes, etwas böses, aber er ist gut. Dann dringst du in mich ein. Tief, fest und hart. Du liebst es, in mich einzudringen, wenn ich bereits fertig bin, wenn mein Orgasmus vorüber ist, erst dann holst du dir deinen. Ein feines Spiel ist das. Ich liebe es, wenn du mir zeigst, wie viel Macht du über mich besitzt in dem Moment. Allerdings merke ich an diesem Morgen, du bist schon wieder unter Druck. Die Uhr tickt. Unter Druck funktioniert bei dir bekanntlich nichts. Vor allem kann es passieren, dass du erst gar keinen hochkriegst. Das kann manchmal nervig sein, dass ein Quickie bei dir nicht funktioniert. Während du Meister darin bist, mir einen tollen Orgasmus nach dem anderen zu schenken, gelingt mir das Kunststück leider nur äußerst selten mit dir. Dass auch du mal richtig auf deine Kosten kommst, das müsste ich im Kalender rot anstreichen. Ich habe es selten erlebt. Natürlich frustriert mich das. Manchmal frage ich mich, ob ich dir nicht genug bin hinsichtlich meiner erotischen Ausstrahlung. Hey ganz ehrlich Victor, was willst du mehr? Ich habe eine gute Figur, bin ansehnlich, nicht dumm, warum läuft es bei dir nicht wirklich gut? Hast du wirklich so enorme Probleme, dich fallenzulassen? Bist du bereits impotent? Vielleicht besorgen wir dir Viagra?! Allein die Vorstellung, dass ich den ganzen Tag nach Lust und Laune auf deinem besten Stück rumreiten könnte, wie ich wollte, versetzt mich direkt wieder in höchste Erregung. Du hattest mir nach der

Schlüsselübergabe der SM Wohnung versprochen, dass wir beide in die Einkaufs-Galerie gehen wollten. In das riesige Einkaufscenter. Zum Vögeln in die Kabinen. In die Umkleidekabinen. Dort wollten wir es miteinander treiben. Eine meiner lang gehegten Vorstellungen und einer von vielen heimlichen Wünschen. Als wir im Auto saßen, erinnerte ich dich an deinen Vorschlag. „Puhh, oh nee, du kriegst wohl nie genug, was?" „Wie, du bist jetzt schon aus der Puste?" Victor, was ist das denn für eine schlappe Nummer? Bist du jetzt ein ganzer Mann oder bist du keiner? Bevor es dazu kommt, dass ich dir die Frage wohlmöglich stelle, blickst du mich an und sagst: „Gut, in die Galerie! Ich habe es dir versprochen! Also, auf geht`s!" In dem Bekleidungscenter, ähnlich dem von C & A, nur mit einem anderen Herstellernamen, gibt es mehrere Kabinen mit 2 Spiegeln. Ich überlege, ob mir 2 Spiegel reichen würden? Schöner wäre es doch mit 3 Spiegeln. Allerdings könnten wir die Nummer bei C & A immer noch nachholen. Dort haben einige Kabinen die besagten 3 Spiegel. Aufgeschoben ist nicht aufgehoben. So gingen wir beide also in eine der Kabinen und zogen den Vorhang zu... Du, Victor, sagtest, es wäre aber ziemlich eng dort drin für zwei Personen. „Victor, du hast mal gesagt, Platz für Liebe ist in der kleinsten Hütte!" erinnerte ich dich an einen deiner Lieblingssätze. "Also jammere nicht!" „Carina", Liebe, wir wollen hier eine Nummer schieben, das ist ein bissel was anderes!" Durch die Art unseres Gespräches war es natürlich nicht mehr so einfach, sexuell erregt zu werden. „Die haben sicherlich Videokameras hier!" Dein Blick war kritisch. Mit Argusaugen hattest du die Decke und ihre Winkel gescannt. „Ist doch klasse", dann kriegen die jetzt gleich mal was richtig geiles geboten hier!" Mutig zog ich mich aus. Zuerst die Schuhe, dann die Hose, meinen Slip, den Pullover, zum Schluss den BH. „Nun hopp", komm zieh dich aus, Victor! Mach schon!", animierte ich dich. Dir musste man wirklich in allem nachhelfen. Ich griff dir an deine Hose, genauer gesagt in die Reißverschluss-Leiste. Zielgerichtet massierte ich durch den Stoff dein bestes Stück. Etwas in Wallung kam er ja schon, dein Schwanz, aber das reichte noch nicht. Ich zog dir die Hose aus. „Runter damit!" dirigierte ich dich. Du warst an dem Tag ziemlich steif, körperlich. Das konnte ich gar nicht verstehen. Ich meine, wovor hattest du Angst, Victor? Was sollte passieren? Als wir beide schließlich nackt in der Kabine standen, mussten wir beide lachen. Du warst wie ein kleines Kind, Victor, hilflos und nichtwissend, was du mit dir und mir anfangen solltest. Ich nahm deine Hände und legte sie an meine Brüste. „Komm", bring mich mal ein wenig in Wallung!", sagte ich. Wie aus dem Nichts heraus, wahrscheinlich war es eine innere Eingebung, die du erhalten hattest, plötzlich, keine Ahnung, was passiert war, hast du mich blitzschnell an die Kabinenwand gedrückt und mich ziemlich wild geküsst. „Bingo! Geht doch!" Eine deiner Hände griff beherzt zwischen meine Schenkel und die andere an meine Brust. Als deine Finger in meiner Scheide für Erregung sorgten, stöhnte ich leise. Deine Küsse gingen vom Mund zu den Brüsten hinunter, dann musstest du dich bücken, um meinen Lusthügel zu küssen. Ich werde bei dir ja immer so schnell feucht. Es triefte bereits aus meiner Scheide. Als du dich wieder zu mir aufgerichtet hattest, hast du meinen Oberschenkel genommen und ihn dir gekonnt um deine Hüfte gelegt. Du hattest natürlich längst bemerkt, dass ich bereits auslief! Ich dachte, hey, die Nummer hat er ja drauf, der Victor, läuft bei ihm! In der Position konntest du prima in mich eindringen. Geil war das! Die Stellung sollten wir zuhause öfter mal ausprobieren, die hat mächtig Spaß & Laune gemacht! Erstaunt war ich, wie gut dein Schwanz plötzlich stand. Das musste ich ausnutzen. Die Gunst der Stunde. Lustvoll gab ich mich dem Rhythmus hin. In meinem Ohr hingen verzerrte Geräusche. Sie kamen von außerhalb unserer Kabine. Menschenstimmen, das Surren der Lüftung, der Lärm aus den Kabinen vor uns. Du warst wie im Rausch, Victor. Im Sexrausch. Selten hatte ich dich so gut in Fahrt erlebt. Auf einmal wurde der Vorhang leicht zur Seite gezogen. Ein vollmundiges Kindergesicht eines vielleicht 10 Jahre alten Jungen, lugte zu uns herein. Sein Gesicht war voller Sommersprossen. „Mama schau mal, hier sind zwei nackte Menschen drin! Die turnen zusammen!" Das Lachen konnte ich mir nur schwer verkneifen. „Turnen." Die Situation war ernst. Dein entsetzter Blick, Victor. Den vergesse ich nie! „Husch! Zisch ab!" machte ich eine Handbewegung in Richtung des Kindes. Das „Sommersprossen-Vollmundige Etwas", dachte gar nicht daran, seine soeben gemachte Entdeckung kampflos aufzugeben. Die Situation fand ich heiß...! „Ja", gib es mir Victor!" stöhnte ich. „Turne mit mir!" dachte ich lustvoll. Ich blickte in die interessierten Augen des Kindes, das gar nicht daran dachte, sich vom Acker zu machen. Der kleine Junge bekam an dem Tag die sexuelle Aufklärung live und in Farbe. Präsentiert von Victor und mir. Diesen Vortrag würde er so schnell sicherlich nicht vergessen. „Oh mein

Gott!", kreischte die entsetzte Mutter, die animiert durch ihren Jungen, ebenfalls neugierig ihren Kopf durch den Vorhang unserer Kabine steckte. Erschrocken zog sie ihr Kind zurück. In solch einer Situation hat man die Nerven sicherlich nicht dort, wo sie eigentlich hingehören. „Klären Sie erst mal ihr Kind besser auf, dass wir nicht miteinander „turnen", sondern turnen, uns anturnen!", sagte ich lachend zu der völlig entgeistert dreinschauenden Mama des Jungen. Wenn man Träume hat, wie ich, von dem, „ich will Sex an verbotenen Orten", dann denkt man nicht darüber nach, dass der Schuss nach hinten losgehen kann. Wie man sich in einer unvorhergesehenen Extremsituation verhält, erst recht nicht. Wer konnte mit einem Kind rechnen, das auf einmal einen Blick in die Kabine warf, in der ich mit dir, Victor, meine sexuellen Phantasien auslebte? Aber ich wollte ja erwischt werden, zusammen mit dir, Victor! Die Vorstellung erregte mich bereits seit Monaten. Jedoch wollte ich nicht von einem kleinen, unschuldigen Kind angegafft werden. Die Sache endete für uns beide unvorteilhaft. Die Mutter des Kindes verpetzte uns bei dem Abteilungsleiter des Kaufhauses und der wiederum rief die Polizei. „Auch das noch!", jammertest du, als wir beide, wieder angezogen, aufs Polizeirevier fahren durften. „Action, Victor! Mit mir erlebst du immer etwas Aufregendes!" Es wird nie langweilig mit uns! Wir beide bekamen eine Strafanzeige verpasst. „Erregung öffentlichen Ärgernisses!" Wir wurden behandelt, wie die Schwerverbrecher. „Freiheitsstrafe bis zu einem Jahr! Ein wahnsinnig erregender Gedanke!" Du warst fix und fertig Victor, als wir nach Hause fuhren. „Das waren zwei wirklich tolle Tage, Carina! Vielen Dank, die Überraschung ist dir gelungen!" Aber gern doch, Victor! Es war mir ein Vergnügen! Zu meinem Glück hast du dich nach ein paar Tagen wieder beruhigt. Also wenn du sauer bist, Victor, ist mit dir nicht gut Kirschen essen. Solange ich dich kenne, hast du mir immer wieder die Klappenbücher geschenkt. In denen ich aufschreiben sollte, was mir an unserer Beziehung gut gefällt und was nicht. Das Schreiben ist nicht unbedingt meine Welt. Seit ich dich kenne und die „Erlebnisse" mit dir teile, passiert es allerdings immer häufiger, dass ich in die Bücher schreibe. Vor allem über unsere sexuellen Erlebnisse. Manchmal überkommt es mich regelrecht. Es sprudelt aus mir heraus. Es ist eine Berufung. Meine Zeilen gebe ich dir später zum Lesen. „Der Text ist gut Carina!", sagst du anerkennend. „Ich wusste gar nicht, dass du so toll schreiben kannst!" Du bist erstaunt über meine gebastelten Zeilen. Briefe schreibe ich dir. Erotische. Weißt du Victor, unsere Story ist einfach verdammt gut! Da macht das Schreiben Spaß! Ich erinnere mich gern an all das Erlebte mit dir! „Hast du dir mal überlegt", das Öffentlich zu machen?" fragst du mich eines Tages. „Wie, du meinst also Victor, dass ich unsere kuriose Geschichte der Welt da draußen präsentieren soll? Warum sollte ich das tun?" „Weil es die Leute interessieren wird, Carina! Die Menschen mögen solche Geschichten, mit einem Stoff wie diesem, lässt sich vielleicht Geld verdienen! Und Geld könnte ich gut gebrauchen!" „Das glaubt uns sowieso niemand, was wir erleben, Victor!" Mir kamen Zweifel. „Das muss es auch nicht!" Die Story ist einfach gut, sie gefällt, sie macht aufmerksam! Dein Tagebuch liest sich wundervoll, ich habe selten etwas Besseres gelesen! Es fesselt beim Lesen. Die Sexstellen sind wunderbar geschrieben. Sie regen an. Menschen wollen angeregt werden. Wenn wir der Story noch einen außergewöhnlichen Titel verpassen, könnte das der Weg zum Erfolg werden!" Ich dachte nach... Du bist ein besonders scharfer Kritiker, Victor. Du würdest niemals sagen, dass etwas gut ist, wenn du es nicht als solches empfinden würdest. Ich staune, dass dir meine Zeilen gefallen. Immerhin bist du eigentlich nur für Biografien von Reinhold Messner und anderen wichtigen Menschen des öffentlichen Lebens zu begeistern. Irgendwelche Storys wie Kriminalgeschichten, Liebesdramen und so weiter, interessieren dich seit Jahren nicht mehr. Und dann schreibe ich über unseren Sex und schon bist du angetan! Regelrecht begeistert scheinst du. Dann scheinen meine Zeilen in der Tat nicht schlecht zu sein. Der Gedanke, die Geschichte mit uns öffentlich zu machen, gefiel mir. Meinen Liebesbrief an dich, Victor, sollte ihn doch lesen, wer wollte. Wenn es vor allem endlich Geld für dich brachte, damit wäre dir ungemein geholfen. Prima Idee! Mich würde es freuen, etwas Nützliches für dich tun zu können! Du könntest vielleicht den Herausgeber des Buches machen! Einen Titel hätte ich eventuell bereits! Frauensäfte! Warum Frauensäfte? Tja, meine Säfte sind, seit ich dich kenne, Victor, erst mal so richtig in Fluss gekommen. „Feucht zu sein ist doch die schönste Sache der Welt!" Ich mag das, seit ich dich kenne, sehr! Bevor du in mein Leben gekommen bist, Victor, hatte ich nicht annähernd eine Ahnung um die Kräfte meiner Säfte. Ich überlegte mir, was eigentlich Sinn meines Buches sein sollte, wenn es in die Öffentlichkeit ginge. Welch eine „Message",

Botschaft wollte ich verbreiten? Einmal die, dass auch aus völlig unterschiedlichen Menschen eine wundervolle Gemeinsamkeit entstehen konnte! Wenn man die Dinge zulässt und an ihnen arbeitet. Wenn man bereit ist für die Veränderung im Leben! Auch wenn ich mich anfänglich gegen unsere Beziehung und die Liebe gewehrt habe, war ich ihr im Endeffekt chancenlos erlegen. Die Liebe war viel stärker als ich. Die „Message", dass aus einem festgefahrenen Menschen, der den Blick für das Wesentliche im Leben verloren hatte, aufgrund besonderer Umstände, Missstände, wie auch immer, dennoch wieder ein gesellschaftsfähiger, lebensfroher Mensch werden konnte, weil er die „Hilfe" eines anderen Menschen bekommen hatte, das fand ich sehr berührend. So wie deine Geschichte, Victor! Mit Hilfe eines Menschen, der dich liebt, schaffst du es, im Leben, wieder Fuß zu fassen! Möge jeder Mensch, der Hilfe braucht, einen solchen Menschen an seine Seite bekommen. Wenn daraus Liebe entsteht, dann ist das beinahe nicht mehr von dieser Welt. Manchmal geschehen Wunder und ja, es gibt auch „Engel". Es ist einfach eine wunderschöne Geschichte mit uns! Es gibt viele armselige Kreaturen da draußen. Einsam und verlassen leben sie, auf der Straße, abseits von Gut und Böse, alleingelassen, von der Gesellschaft und somit ausgeklammert. Victor, du warst ebenso ein Mensch wie sie! Einer, der von der Gesellschaft nicht mehr als Mensch akzeptiert wurde. Victor, der ohne Auto und jeglichen Luxus sein Leben bewältigte. Von der Gesellschaft vertrieben und belächelt. Ein Mensch, der eigentlich verloren war! Victor, der wundervolle Mensch, der größte Redner und beste Sexverführer aller Zeiten. Auch der warst du! Der gebildete Victor, in Wort und Schrift, aber mit leerem Herzen, der ohne Perspektive auf ein besseres Leben wartete. So lernte ich dich kennen, Victor. Aus dem Schock- Zustand, den dein erster Eindruck bei mir hinterlassen hatte, versuchte ich, das Beste zu machen. Heute, fast zwei Jahre später, fährst du wieder Auto, bist gut gekleidet, hast dein Interessenfeld weiter ausgebaut. Finanziell bist du durch meine Hilfestellung auf einem guten Wege, dich verwirklichen zu können. Auf dem Gebiet der Literatur bist du unterwegs, dort möchtest du dich integrieren, ausbreiten in deiner Person und dich in deinen Fähigkeiten weiterentwickeln. Menschen haben die wundervolle Begabung, andere Menschen einzuordnen. So ist es mir auch passiert. Ich ordnete dich, Victor in die völlig falsche Schublade ein. Du warst kein Loser, kein

Penner, du warst...! Mir fehlen die Worte an der Stelle, für das, was du für mich warst und, was du heute für mich bist! Ich sage es einfach mit: „Ich liebe dich!", damit ist alles gesagt! Ich schrieb an dem Buch. Es floss aus mir heraus. Meine Zeilen, die ursprünglich nur an dich gerichtet waren, Victor. Aus meinen kleinen Briefchen an dich, wurde ein Roman. Vollgeladen mit Gefühlen, Sex, Liebe, Leidenschaft und Emotionen. Das war eine geballte Ladung. Hochexplosiv! Die Fotos aus unseren SM Tagen waren gar nicht übel. Daraus ließ sich etwas Schönes basteln. Vielleicht ein Foto- Buch? Die Nacktfotos von mir waren gelungen. Das war das erste Mal in meinem Leben, dass ich mich wahrnahm auf eine Art und Weise, die mich selbst berührt hatte, weil sie mir bis dahin fremd war. Du bist eine wundervolle Frau Carina, dachte ich beim Anblick meiner eigenen Fotos. Meistens hat man Angst, wenn man mit Fotos, dazu noch mit erotischen, seiner eigenen Person konfrontiert wird. Man fühlt sich zu dick, zu hässlich, was auch immer. Aber ich, ich fand mich einfach klasse auf den Bildern! Wirklich. Es machte mir unheimlichen Spaß und Freude, die Bilder zu bearbeiten. In ihrer Größe, in der Art und ihrer Farbe. Ein Gefühl von: „Carina, du bist eine begehrenswerte Frau!" So kam der Tag, an dem ich mit den Fotos nach draußen ging, hinaus in die Öffentlichkeit. Ganz bewusst die Bilder bei Facebook auf meinem Profil eingestellt hatte. Öffentlich. Was für ein Spaß! Die Reaktionen meiner Freunde und Mitmenschen, herrlich! Eigentlich gab es kaum Negativreaktionen. Im Gegenteil, ich bekam Anerkennung, Respekt und ein Lob für meine tollen Brüste ausgesprochen, von allen Seiten. Natürlich auch die Frage, ob alles an mir echt wäre. Ja, an mir ist und war alles echt Freunde, keine Sorge! Einige schrieben mir, dass sie sich gerne von mir auspeitschen lassen wollten und wann ich Zeit für sie hätte. Eine interessante Zeit war das mit den Bildern und Erfahrungen, die mich sehr geprägt haben. Natürlich wurde über mich auch negativ geredet, ich wurde durch den Kakao gezogen. Das machte mir nichts. Ich war überzeugt von dem, was ich tat. Ich sah es als Neid der Menschen. Leider tat das unserer Beziehung nicht gut, Victor! Du bist nicht der eifersüchtige Mensch, der eine Szene macht wegen gewissen Dingen, die ihn aufregen. Eigentlich hältst du mich an der langen Leine. Manchmal empfinde ich sie sogar zu lang, wenn ich ehrlich bin. Aber meine ehrliche Art und Weise, ging dir plötzlich gegen den Strich. Die Idee, aus unserem Erlebten ein öffentlich zugängliches Buch zu machen, hast du mir sofort zerschlagen. Auf einmal war die Idee deiner Meinung nach völlig scheisse. Du wärst niemals der Herausgeber dieses verrückten Skriptes „Frauensäfte". Nein! Du doch nicht! Du wolltest es auch nicht mehr sein und ich sollte mich ja hüten, deine Privatsphäre zu verletzen oder sie zu beschmutzen! Das hatte aber gesessen, Victor! Danke! Das war gemein! Niemals hätte ich etwas getan, das dir geschadet hätte. Dabei war mein Buch, das mittlerweile tatsächlich „Frauensäfte" hieß und durch gewisse Eigenwerbung schon einen kleinen Kultstatus angenommen hatte, der Renner auf Facebook und auf anderen Internetplattformen. „Wenn wir die Sache richtig fett aufziehen, Victor, könnte uns das in der Tat Geld bringen", schrieb ich dir. Und darum ging es mir doch nur! Um nichts anderes! Ich hatte die Dollarzeichen in den Augen, weil ich dir helfen wollte! Deine finanzielle Bedrohung wollte ich dir nehmen. Ich erinnere mich an viele vergangene Tage, an denen du traurig warst! Weil dir das Wasser bis zum Halse stand. Du wusstest nicht, wie du deine Miete bezahlen solltest und deine Rechnungen. Die Schnur um deinen Hals zog sich enger. Sollte ich tatenlos zusehen? Du sagtest oft: „Carina ich sterbe und alle sehen zu!" Ja, Sterben. Menschen können in der Tat sterben.

Nicht nur an Geldmangel, auch an gebrochenem Herzen können sie krepieren. So wäre es mir bald ergangen, als du nach Weihnachten deine Sachen zusammengepackt hattest und den Abflug gemacht hast. Du hast mir mein Herz gebrochen, Victor! Danke!! Du hast mir sehr wehgetan in der Zeit mit deinen harten Worten. Trotzdem, nein, ich werde nicht tatenlos zusehen, wie du stirbst, Victor, ich werde kämpfen! Für dich! Von Anfang an habe ich für dich gekämpft! Für dich und die Liebe zu dir. Die Beziehung jedoch schien hinüber. Sie hatte einen Knacks. Das war nicht mehr aufzuhalten. Die innige Liebe, mit der ich einst vor dir stand, sie wurde weniger in mir. Das spürte ich. Ich sagte dir das. „Ach, das kriegen wir schon hin, Carina! Die Liebe kommt wieder! Man kann nicht immer auf Wolke 7 schweben." Ich sah das anders, Victor! Wahrscheinlich hat die Liebe generell für mich eine andere Bedeutung als für dich! Gut, wir beide erlitten einen Tiefgang. Einen Beziehungstiefgang. Kann passieren. Da waren wir keine Ausnahme, sondern wir reihten uns ein in die lange Liste der Beziehungsgeschädigten, die aber immerhin noch sexuell gut miteinander verkehren konnten! Sex war zwischen uns immer wichtig und für mich besonders. So suchte ich immer wieder den Kontakt zu dir. Obwohl mir mein

Verstand signalisierte, ich sollte besser die Finger von dir lassen, denn ich litt bereits unter dem Zustand! Dem Zustand, dass die Liebe ging, ich aber immer noch den Sex mit dir wollte. Verrückt war das. Ich wollte dich aus meinem Kopf haben, aber ich schaffte es nicht. Stattdessen fuhr ich zu dir, weil ich Sex wollte. Du Victor, hattest mir aber nicht mehr gut getan! Natürlich war es ein Trugschluss, zu glauben, dass mit Sex die Liebe zurückerobert werden konnte. Welch ein absurder Gedanke. Verlor ich die Liebe, verlor ich dich, Victor! Ich wollte dich lieben, Victor! Mit meinem Herzen! Verstehst du das? SM Spielchen, verbotene Reize ausleben und sie mit dir auskosten, ist toll, keine Frage. Aber sollte mich die Liebe in meinem Herzen verlassen, dann wäre es vorbei mit uns. „Ach, das kommt alles wieder Carina, warte mal die Zeit ab, die Liebe geht so schnell nicht, wir dürfen uns einfach nicht mehr so sehr verletzen, dann haben wir das alles im Griff!"

Unsere Beziehung war zum Scheitern verurteilt, Victor. Dennoch, lief ich dir hinterher, wie ein Straßenköter, dem man einmal etwas zu Fressen hingeworfen hatte. Ich hungerte nach dem Gefühl des „Seelenvögelns". So nannte ich das, was du in mir ausgelöst hattest. „Du kannst meine Seele ganz wunderbar vögeln, Victor!

Neben dem Seelenvögeln schenkst du mir aber auch noch den schönsten Liebeskummer! Fantastisch...! Herzlichen Dank!" Ich konnte mich wunderbar selbst hinunterziehen. Ich weiß sehr wohl, dass es dich keineswegs berührt, wenn ich wegen dir weine. Du bist beschäftigt. Dein Projekt! Flüchtlinge! Da gibt es keinen Platz für mich! Eigentlich traurig, was aus uns beiden geworden ist. Wir können uns so viel geben, wir tun gut einander. Und dann das wieder! Jetzt reiben wir uns nur noch gegenseitig auf. Auch wir dachten, mit Sex weiterhin die Beziehung retten zu können. Wie fatal! Ich fuhr also wieder zu dir. Bat um Versöhnung und um eine Aussprache. Die bekam ich. Aber es war nicht mehr dasselbe. Einmal befleckte Liebe, ließ sich nicht so einfach wieder reinwaschen. „Ach, das wird alles gut, Carina. Wir lieben uns doch und sind füreinander da, was soll da schiefgehen? Wir versuchen mal, uns nicht mehr zu streiten, nehmen die Härten aus unserer Beziehung heraus, dann läuft es wieder!" Deine Worte, Victor! Sie schienen so lächerlich. Sind alle Männer solche Idioten, wie du? Wir zerfleischen uns bis in die tiefsten Wunden unserer Seelen und dann sind wir wieder gut miteinander? Das darf nicht sein und ich kann und will Beziehung so auch nicht leben. Das entspricht nicht meinem Gefühl. Wenn ich das könnte, dann wäre unsere Beziehung eine einzige Lüge gewesen, Victor! Dann hätte ich dich nicht geliebt. Gleichgültigkeit hat in der Liebe nichts verloren! Deine Bedrohungen, Victor. Dein Geldmangel und finanzieller Engpass. Solche Geschichten können tatsächlich auslösen, dass du keinen mehr hochkriegst. Du bist nicht schwanzgesteuert wie viele andere Männer. Nein, du bist emotional einfach nicht belastbar! Ich frage mich, was schlimmer ist? Impotent, schwanzgesteuert oder emotional nicht belastbar zu sein. Gegen Impotenz können wir etwas tun. Bist du angeschlagen, geht bei dir nicht mehr viel. Was also tun, wenn wir Sex wollen und sich bei dir nichts regt? Richtig, wir müssen nachhelfen! Auch das gehört zu unserer Geschichte. Dass ich dich losschickte, um Viagra kaufen. Also ich kann dir sagen, ich war wirklich gespannt, ob sie helfen würde, die Wunderpille!

Samstags fuhren wir in die Notfallapotheke und kauften Viagra. Scheiße, was haben wir beide für „Klamotten" gedreht. Die Beziehung ging gerade irgendwie den Bach runter, aber wir kauften Viagra! Samstags, beim Notdienst. Meine Gedanken, die mir im Kopf rumsausten, ich behalte sie besser für mich. „Die sind aber ganz schön teuer!", sagtest du entsetzt. „Die kann ich nur nehmen, wenn es ein Notfall ist! 12 Stück fast 40 Euro! Also selbst Bumsen wird für mich zum Luxus, den ich mir nicht mehr leisten kann!" Du warst kurz vor dem Heulen, glaube ich. Victor. „Ja, Victor, wir bumsen nur im Notfall und verbuchen die Ausgaben deiner Pillen unter „Portokasse! Vielleicht kannst du die beim Finanzamt absetzen", versuchte ich dich aufzumuntern. Genau deshalb will ich unsere Beziehung nicht aufgeben! Wegen all dieser verrückten Dinge, die uns passieren. Die mir mit dir passieren, Victor. Deine verrückte Welt, die mir so sehr gefällt. Die verrückte Geschichte mit dir ist mir zu wertvoll, Victor. Einen Typen wie dich, den bekomme ich nie wieder. In diesem Leben nicht mehr! Deshalb kämpfe ich um dich. Du kannst alle Felder in meinem tiefsten Inneren bedienen. Sex, Liebe, Humor, Leidenschaft, Traurigkeit, Sentimentalität, Banalität, Wahnsinn, Verrücktheiten, ach, es ist eine endlos lange Liste. Du und ich, wir sind wie: „Fick mich und ich zeige dir das Eingangs-Tor zum Wahnsinn!" Die Pillen waren übrigens erste Klasse. Dein Schwanz stand. Ich konnte dich reiten, wann ich wollte und solange ich wollte. Pille rein und los ging es! Zu meiner Freude und zu deinem Staunen. Der Sex war gut. Zur Abwechslung lagen wir beide brav im Bett und nicht irgendwo in einer Umkleidekabine bei C & A, im Fahrstuhl oder sonst wo. Ich war meiner Hände und Füße mächtig. Nirgends angekettet, frei beweglich. Wir waren liebevoller als sonst zueinander. Wir gaben uns Mühe, etwas harmonischer und zärtlicher miteinander umzugehen. Ich nenne es, wir hatten Standardsex! Ob mir das wirklich den Kick gab? Nein, aber dieses „sich in den Arm nehmen", und „Zärtlichkeit austauschen", sich lieb haben, das war uns in der letzten Zeit verlorengegangen. Wir brauchten das dringend. Für unsere Liebe! Es war wunderschön mit dir, Victor. Ich war dir sehr nahe. Unsere Küsse, das Streicheln und unsere Zärtlichkeit. Ich sah es als Chance für unsere Beziehung. Ein paar Tage später bügelte ich dein Girokonto glatt, in der Hoffnung, dass deine Bedrohungen damit weniger und dein bestes Stück wieder arbeitsfreudiger werden würden. Dein Kopf sollte freier werden. Das wünschte ich uns beiden sehr. Viagra wollte und konnte ich mir für dich auf Dauer nicht leisten. Irgendwann las ich mir meine Tagebucheinträge durch, Victor. Herzhaft gelacht habe ich! Wir beide, wir sind besser als jede Sitcom im TV, du bist besser als Dr. House und ich, ich halte mir oftmals nur noch kopfschüttelnd die Hände vor Augen.

Wollte ich dich missen? Nein! Niemals! Ein ganz klares Nein! Ich kann mir ein Leben ohne dich nicht vorstellen. Ein Leben ohne dich, das will ich gar nicht. Jedoch, die Liebe, Victor. Sie ging. Und ich wusste nicht, was ich tun sollte!? Wie sollte ich es verhindern? Sie aufhalten? Du musst mir helfen! Merkst du nicht, dass unsere Liebe geht? „Halte sie bitte fest, verdammt nochmal!" Was haben wir falsch gemacht? Es hätte nicht passieren dürfen. Es ist passiert. Also müssen wir die Konsequenzen tragen. Mein Buch „Frauensäfte" stand kurz vor der öffentlichen Erscheinung. Es war für mich ein besonderer Abschnitt meines Lebens, dieses Buch. Wie sie auf die Menschen außerhalb wirken würde, unsere Story, Victor, das lag in den Sternen. Mein eigentlicher Liebesbrief an dich, wurde nun ein öffentlich zugängliches Manuskript. Ich hoffte für meinen Teil, dass es Geld bringen würde, für dich! Damit es dir endlich besser ging und du frei sein durftest! Wir hatten entschieden, den Verdienst zu teilen. Ich überlasse ihn dir gern. Du hast ihn nötiger als ich! Immerhin musst du gut deinen Arsch hinhalten mit deiner Persönlichkeit in unserer Geschichte. Ich kann verstehen, dass dir das nicht wirklich in den Kram passt, mit uns geht es im Buch immerhin ziemlich zur Sache. Ich bin ein offener, freizügiger Mensch. Ich sage die Dinge heraus. Zu deinem Leidwesen manchmal, Victor. Ich habe dir einen wichtigen Teil deines Lebens zurückgegeben, Victor. Deine Persönlichkeit. In die habe ich mich verliebt. Jetzt bin ich auf dem besten Weg, die Liebe zu dir zu verlieren. „Die vielen schönen Gedanken jedoch an unsere Liebe, die bleiben für immer in meinem Gedächtnis. Die Erlebnisse mit dir, Victor." Plötzlich dachte ich an Nizza. Dort wolltest du immer gerne mit mir hinfahren. Warum haben wir es nicht einfach getan? Eigentlich fing doch soeben erst alles an mit uns. Du bist jetzt ein normaler Mensch. Hast ein gutes Aussehen, ein sicheres Auftreten. Du bist der Mann, nach dem sich die Frauen umschauen! Was für ein Schwachsinn eigentlich! Macht uns Menschen nur das Äußerliche glücklich? Der Schein? Und nicht das Sein? Also, mich nicht! Aber gut, das Auge fickt mit, ist halt einfach so! Ich lernte dich lieben, mit all deinen Fehlern. Du wolltest kein Autofahren, du wolltest keine Kleidung mit dicker Aufschrift tragen, deine Wohnung war ein Saustall, statt 3 Sterne Deluxe. So lernte ich dich kennen. Du warst alles andere als perfekt, als ich dich kennenlernte und jetzt, jetzt bist du ein Mensch wie jeder andere, du tickst richtig, läufst wunderbar in der Spur des Lebens und meine Liebe zu dir, die aufrichtig und ehrlich ist, sie verschwindet dahin. Als ich das letzte Mal bei dir war, dachte ich, das Gefühl, dieses warme, zärtliche Glücksgefühl, das muss doch wiederkommen, Carina! Aber es ist weg! Es ist eine Leere in mir. Meine Welt ist schwarz/weiß, leer und grausam. Mein Herz ist schwer. Ich will dich lieben, Victor! Wir beide versuchten noch einige Male, zu reden. Über meine Gefühlslage. Du sagtest, dass du traurig wärst, dass mir die Liebe abhanden gekommen wäre und dass du fest daran glaubst, dass sie wiederkommt. Egal wann, egal wo, egal wie! Ich möchte ebenfalls daran glauben können, Victor! Das Gefühl von Liebe und Freiheit steckt tief in uns beiden. Die Demut vor dem Leben und der Liebe, sie lag an einem vergangenen Strandtag, an den ich mich gern erinnere, uns beiden auf der Seele. Ein wunderschöner Sonnenuntergang am Strand, machte uns zu den glücklichsten Menschen in unserer eigenen Geschichte.

Die nächste Seite ist aus einem meiner Tagebucheinträge entnommen! Ich rieche das Meer. Schmecke das Salz auf meiner Zunge. Jedes Mal, wenn du mir später zwischen meine Schenkel greifst und mich dort streichelst, erkenne ich den Geruch an deinen Fingern wieder und erinnere mich an den Tag am Meer mit dir. An den Geruch des Meeres und unser damit verbundenes Glück. Es war intensiv. Wundervoll. Das vergisst man niemals. Ich habe das Rauschen der Wellen in meinen Ohren. Sehe die Möwen über uns ihre Kreise ziehen. Das Leben ist wunderschön, Victor. Mit meinen Tränen bin ich alleine. Du weinst nicht. Manchmal weine ich nachts, manchmal tagsüber.

Wie sagte meine Freundin, Carina, du musst dir das Leben mit Freude gestalten, das geht auch ohne Victor! Sei glücklich, lebe, liebe, lache... Ja! Ich tue mein Bestes. Ich will nicht daran verzweifeln, dass ich die Liebe verloren habe. Deine Liebe, Victor. Ich bin dankbar, dass ich sie spüren durfte, unsere Liebe. Ich danke dir für das wundervolle Jahr!

Es hat mich vieles gelehrt in meinem Leben. Natürlich hoffe ich immer noch tief in meinem Herzen, dass die Liebe wiederkommt eines Tages. Manchmal wünsche ich mir, dass du mit einem fetten Strauß Rosen vor meiner Tür stehst und mir sagst, dass du mich liebst. Ich nehme es dir nicht übel, dass du nicht kommst. Wir sind nicht im Märchen, wir sind in der Realität. Pretty Woman war auch nur ein Film. Warum wir beide es nicht geschafft haben, eine normale Beziehung zu führen, das wird im Grunde genommen immer ein Geheimnis des Schicksals bleiben. Es ist vielleicht nicht unsere Bestimmung, eine dauerhafte, glückliche gemeinsame Beziehung miteinander führen zu dürfen. Nein, es macht mich nicht traurig, dass wir kein gemeinsames Namensschild an der Tür kleben haben, Victor. Ich freue mich auf das Projekt mit dir, unsere Geschichte, die bald die ganze Welt lesen wird, wenn sie möchte. Mit meiner persönlichen Message, „Leute, bewahrt euch die Liebe!" Es gibt nichts Schöneres als guten Sex und Liebe, beides miteinander verbunden, hast du den Jackpot im Leben! Der Gedanke an das Gefühl, das du, Victor mir gegeben hast, hat mich nie wieder losgelassen. Immer wieder treibt mich die Sehnsucht voran. Zu dir. Meine Seele, sie sucht nach dir. Sie braucht dich. Sie will von dir gevögelt werden.

Und ich will es auch! Victor, du bist die größte Herausforderung meines Lebens. Es gibt Dinge, die kann man nicht vergessen und es gibt Menschen, die bleiben immer im Herzen. So wie du in meinem. Wenn dich ein Mensch einmal tief in deiner Seele berührt hat, dann sehnst du dich immer wieder nach der Erfahrung! Ohne dich Victor, ist mein Leben traurig und trostlos. Ich habe es versucht, ohne dich. Ich habe dich überall gelöscht, blockiert und, gesperrt...damit es nicht so wehtut!

Ich schaffe es nicht...

Weil es Liebe ist...!

Ende

Je mehr Sex man mit dem richtigen Partner hat, desto süchtiger wird man.

Meine Tagebucheinträge, es kommen immer wieder neue dazu und sie wachsen Tag für Tag mit lauter wundervollen, erotischen Dingen.

Vielleicht muss ich Euch ja doch noch irgendwann aus weiteren Tagen mit Victor & Carina erzählen.

Wer weiß…Ich freu mich drauf!

Besucht mich unter:

https://www.facebook.com/Ellevoyage666

https://www.facebook.com/GeschichtenDiemeinLebenschrieb

Und Victor unter:
https://www.facebook.com/LiebesBriefanVictor

„Ich pflückte Blumen für dich, um dir ihr Leben zu schenken…"

Weitere bisher erschienene Bücher

Anais C. Miller:

- Charisma, Classic Star, Nicky, Brief an W, Querbeet, Frauensäfte, Einhörner, Pferde und andere Gedanken zu Weihnachten

Elle Voyage:

Wenn es weh tut war es Liebe, Liebesbrief an Victor I

Liebesbrief an Carina

... und vergesst bitte nicht, den Liebesbrief von Victor an Carina zu lesen!

Als Victor mein Buch gelesen hat, sagte er:

"Mein Gefühl zu dir ist gut, Carina!"

Was auch immer er damit meint... ☺